W0339482

SUSANNE FALK

Fast ein Märchen

Gefördert von der Kulturabteilung der Stadt Wien,
Literatur

Gedruckt nach der Richtlinie des
Österreichischen Umweltzeichens
„Druckerzeugnisse“,
Christian Theiss GmbH, Nr. 869

FSC
www.fsc.org
MIX
Papier aus verantwortungsvollen Quellen
FSC® C012536

Copyright © 2019 Picus Verlag Ges.m.b.H., Wien
Alle Rechte vorbehalten
Grafische Gestaltung: Dorothea Löcker, Wien
Umschlagabbildung: Martin Haake
Druck und Verarbeitung:
Christian Theiss GmbH, St. Stefan im Lavanttal
ISBN 978-3-7117-2081-8

Informationen über das aktuelle Programm
des Picus Verlags und Veranstaltungen unter
www.picus.at

SUSANNE FALK

Fast ein Märchen

24 WEIHNACHTSGESCHICHTEN

PICUS VERLAG WIEN

Fast ein Märchen

»Und wenn ich es dir doch sage, Wilhelm: Dies hier«, Jacob wedelte energisch mit einem Blatt Papier herum, »deutet sicher auf eine erneute Lautverschiebung hin.«

»Ich bin da anderer Meinung, Bruderherz.«

»Du bist immer anderer Meinung.«

»Nein, ich bin immer anderer Meinung, wenn du im Unrecht bist. Ansonsten stimme ich vollkommen mit dir überein.«

»Na wunderbar. Du bist also immer deiner Meinung, es sei denn, deine und meine Meinung sind deckungsgleich. Dann darf ich auch einmal recht behalten.«

»So ist es, Jacob.«

»Also wirklich, Wilhelm, es gibt so Tage, an denen kannst du mich kreuzweise!«

»Geht mir auch so. Aber an einem Tag wie heute halte ich es für unangebracht, das laut zu sagen.«

Verdutzt sah Jacob seinen Bruder an: »Wieso? Welcher Tag ist heute?«

Da legte Wilhelm seine Hand sanft auf den Arm des Bruders, lächelte und sagte: »Es ist Heiligabend.«

»Hm«, machte Jacob nur, »kein Grund, nicht zu arbeiten!«

Ich stimme dir zwar zu, aber ..., wollte Wilhelm einwenden, als es plötzlich an der Tür klingelte. Wer konnte das sein an diesem Tag und noch dazu zu dieser Stunde?

»Ich werde kurz öffnen und, wer auch immer es ist, ihn oder sie wieder fortschicken«, schlug Jacob vor, »und danach reden wir noch einmal über dieses Beispiel für die erneute Lautverschiebung. Du bist da nämlich auf dem Irrpfad, mein Lieber!«

Jacob ging also die Treppe hinunter, schritt energisch auf die Haustür zu und riss sie mit einem Ruck auf.

»Ja?«, rief er.

Vor sich sah er ein kleines Wesen stehen, ein Kind, vielleicht zehn oder elf Jahre alt, mit sanften dunklen Augen und dunklem, lockigen Haar, gekleidet in ein leuchtend weißes Gewand.

»Gott zum Gruße!«, sagte das Kind. »Seid Ihr Herr Grimm?«

»Welcher von beiden?«, fragte Jacob unwirsch.

»Ich bitte um Verzeihung, mein Herr?«

»Na, willst du zu mir oder zu meinem Bruder?«, wollte Jacob wissen.

»Zu Ihnen beiden, falls möglich«, antwortete das Kind höflich. »Darf ich eintreten?«

»Nein«, sagte Jacob streng. »Kommst du, um Geld für die Armen zu sammeln?«

»Nein«, sagte das Kind, »obwohl Ihr sicher gut daran tätet, den Bedürftigen etwas zu geben, da doch heute Heiligabend ist.«

»Hab ich es mir doch gedacht«, sagte Jacob. »Du kommst, um mich um Spenden anzubetteln.«

Er griff in seine Jacketttasche, zog einen halben Taler heraus, gab ihn dem Kind und rief: »So, das ist reichlich. Und nun verschwinde!«

»Aber Ihr versteht mich völlig falsch!«, rief das Kind nun aus und trat dabei von einem Bein aufs andere, so, als wäre es plötzlich sehr in Eile. »Ich will ja gar kein Geld!«

»Was dann?«, wollte Jacob wissen. »Und merke: Meine Zeit ist kostbar!«

»Meine auch«, sagte das Kind und wirkte mit einem Mal gar nicht mehr so aufgeräumt. »Was glauben Sie denn, Herr Grimm, wie viele Haushalte ich heute noch besuchen muss?«

»Weiß ich nicht und es interessiert mich auch nicht.«

Mittlerweile hatte der Dialog an der Haustür

auch Wilhelm auf den Plan gerufen und er tauchte hinter seinem Bruder im Türrahmen auf.

»Guten Abend. Darf ich erfahren, worum es hier geht?«, fragte er.

»Das Kind will Geld und gibt sich mit einem halben Taler nicht zufrieden«, stellte Jacob fest.

»Ach, das ist ja unerhört!«, sagte Wilhelm.

»Aber das stimmt doch gar nicht!«, rief das Kind aus. »Ich will Ihr Geld nicht. Wirklich nicht!«

»So? Was denn dann?«

Das Kind, von dem Jacob nicht recht zu sagen wusste, ob es nun ein Bub oder ein Mädel war, holte tief Luft und sprach: »Ich komm wegen der Märchen.«

»So«, stellte Jacob fest, »tust du das?«

»Ja«, bekräftigte das Kind seine Aussage und nickte so heftig, dass ihm seine braunen Löckchen ins Gesicht fielen. Und nun zog es aus den Falten seines weißen Oberkleids ein unscheinbares Büchlein hervor. Jacob erkannte schnell, dass es eine Ausgabe ihrer Kinder- und Hausmärchen war. Und nun dämmerte es ihm auch, was das Kind von ihnen wollte.

»Ach so, verstehe! Du willst es dir signieren lassen! Ja, warum hast du das denn nicht gleich gesagt? Das machen wir natürlich gerne.«

Schon zog er einen Bleistift hervor, willens, seinen Namen auf die erste Seite des Büchleins zu kritzeln, als das Kind das Druckwerk plötzlich zurückzog.

»Nein, ich will auch keine Signatur«, sagte es entschieden und rückte nun endlich mit der Sprache heraus: »Ich will da hinein!«

Da begannen die Brüder Grimm zeitgleich zu lachen und das Kind musste erstaunt feststellen, dass sie, obgleich sie offenkundig keine Zwillinge waren, doch ein nahezu identisches Lachen hatten.

»Ach, wie lustig«, sagte Wilhelm und wischte sich eine Träne aus dem Augenwinkel. »Ich hab gerade verstanden, du willst da hinein!«

»In unsere Kinder- und Hausmärchen!«, fügte Jacob hinzu, immer noch kichernd. »Ja, mit welchem Recht denn bitteschön? Hat man dich im Wald ausgesetzt oder bist du einer bösen Hexe entlaufen?«

»Kannst du etwa zaubern? Oder hast du unter deinem Kleidchen einen gestiefelten Kater versteckt?«

»Oder gar einen Gold scheißenden Esel?«, rief Jacob und konnte kaum noch an sich halten.

»Nein«, sagte das Kind. »Aber ich kann etwas, das sonst keiner kann.«

»So? Und das wäre bitteschön?«, fragte Wilhelm kichernd.

»Ich kann an Millionen Orten gleichzeitig sein«, zählte das Kind auf, »und dabei unfassbar viele Dinge bei mir tragen und sie überall verteilen. Ich kenne die Namen aller Kinder dieser Welt, auch die der unartigen, und ich mache mehr Menschen glücklich als irgendein anderes Wesen. Und man kann mich herbeizaubern, indem man mit einem Glöckchen klingelt, allerdings nur an einem Tag im Jahr. Dann aber erscheine ich und bringe Segen in jedes Haus.«

»War das alles?«, fragte Jacob.

»Ja«, sagte das Kind. »Und nun wollte ich fragen, ob die werten Herren mich und meine Geschichte nicht in Ihre Sammlung mit aufnehmen wollen.«

Da gab es kein Halten mehr. Die Brüder prusteten los und klopften sich vor überbordender Heiterkeit auf die Schenkel. Was für ein grandioser Spaß!

»Herrlich!«, rief Wilhelm aus.

»Famos!«, schrie Jacob.

»Diese Fantasterei! Könnte glatt von dir sein!«, sagte Wilhelm.

»Oder von dir, Bruderherz!«, stimmte Jacob mit ein.

Mit einem kräftigen Schubs knallte dieser die Tür dem Kind vor der Nase zu. Dann wandte er sich zu seinem Bruder um und sagte: »Komm, Wilhelm, lass uns etwas trinken auf diesen erheiternden Moment. Und dann geht es wieder frisch ans Werk.«

»Sehr wohl. Wobei ich immer noch der Meinung bin, dass du bezüglich der Lautverschiebung falsch liegst.«

»Ach, was du immer hast!«

An diesem Abend, als alle anderen in ihren warmen Stuben saßen und festliche Lieder sangen, konnte man die Brüder Grimm noch zwei Straßenzüge weiter miteinander debattieren hören …

Mutterfreuden

Zufrieden betrachtete sie das schmatzende Kind, wie es an der Brust der Amme nuckelte. Das Neugeborene, ein Bub, schien einen ausgeprägten Appetit zu haben. Gerade einmal sechzehn Tage alt, wies er bereits jetzt dickere Ärmchen und Beinchen auf als jedes ihrer anderen Kinder in diesem Alter.

»Ein guter Esser, Eure Majestät«, hatte die Amme freudestrahlend gesagt, ihre dunkelrote Brustwarze zwischen Zeige- und Mittelfinger geklemmt und dem greinenden Baby in den Mund geschoben, sodass es auch die andere Brust leer saufen konnte.

»Gut«, sagte die Erzherzogin, »das ist sehr gut. Nur weiter so.«

Sechzehn Kinder hatte sie geboren. Dieses hier war das vorerst letzte in einer langen Reihe. Mit etwas Glück würde es ein gutes Alter erreichen, höher als das seiner viel zu früh verstorbenen Schwestern. Maria warf einen langen, sorgenvollen Blick auf das nuckelnde Baby. Es war Heiligabend und es fiel ihr schwer, beim Anblick des neuen Lebens nicht an die drei kleinen Mädchen zu denken, die sie so früh verloren hatte. Aber allzu lange durfte man sich nicht ins Reich der Toten begeben, sonst lief man Gefahr, gleich dort zu bleiben, so hatte es ihre Erzieherin immer gepredigt. Und sie hatte brav dazu genickt und der Frau versprochen, der Toten stets zu gedenken, doch nie zu lange. Das Herz, so sagte ihr die Erzieherin, sollte stets bei den Lebenden verweilen, denn da gehörte es hin.

Die Amme nahm das Kind hoch und ließ es aufstoßen. Es gab einen kräftigen Laut von sich und schlief dann sofort ein.

»Wollen Majestät das Kind kurz halten?«, fragte die Amme und streckte schon das pralle Bündel in Richtung ihrer Herrscherin.

Maria Theresia schüttelte energisch den Kopf. »Nein, leg es schlafen«, befahl sie. Die Amme trug darauf das Kind ins Nebenzimmer und legte es in seine Wiege.

Eigentlich war sie ja noch im Wochenbett und es wäre ihr ein Leichtes gewesen, sich in ihr Zimmer zurückzuziehen und ein gewisses Ruhebedürfnis geltend zu machen, aber da heute kein Tag wie jeder andere war, richtete sie seufzend ihren voluminösen Körper auf und klingelte nach der Zofe. Es war Zeit, sich anzukleiden. Zwar würde sie den Kirchgang ausfallen lassen müssen, da noch keine vierzig Tage seit der Geburt des kleinen Maximilian vergangen waren, aber für das Festessen mit der Familie würde sie sich ankleiden lassen. Das blaue Cape, das sie extra für diesen Anlass hatte anfertigen lassen, wie um sich selbst zum Weihnachtsfeiertag eine kleine Freude zu bereiten, würde gut zu dieser Gelegenheit passen. Die Farbe erinnerte nicht von ungefähr an einige beliebte Mariendarstellungen. Von der Gottesmutter zur Landesmutter war es gar nicht einmal so weit.

Die Geburt war unangenehm gewesen, aber nicht schwer, so wie ja viele Dinge, die mit dem Kinderkriegen zusammenhingen, eher unangenehm waren, aber nicht unbedingt schwer. Zum Beispiel, so dachte die Erzherzogin, als die herbeigeläutete Zofe ihr die passenden Unterröcke überstreifte, war die Empfängnis eine einfache Sache. Man hatte einfach nur dazuliegen und der Mann, in diesem Fall ihr lieber Franz Stephan, kurz »Mäusel« gerufen, besorgte den Rest. Das hatte immer gut und zuverlässig funktioniert und dann, Übelkeit und Wassersucht ertragend, erwartete man die Ankunft des neuen Kindes. Die Wehen waren scheußlich, keine Frage, aber gerade beim letzten hatte sie sich kaum anstrengen müssen. Nach nicht einmal zwei Stunden war er schon da gewesen und sie konnte sich bereits wenige Tage später wieder wichtigeren Dingen zuwenden. Alles, was das Kind brauchte, konnte ihm auch eine gute Amme bieten. Das war praktisch und erleichterte die Nachtruhe. Und diese hier, dachte Maria Theresia, als die Zofe sie in ihr Kleid schnürte, war offensichtlich eine gute Wahl gewesen. Mit diesen Brüsten konnte man eine ganze Heerschar an Säuglingen ernähren. Im Geiste gratulierte sie sich selbst zu dieser vortrefflichen Wahl.

Überhaupt war sie stets als besonders fürsorgliche Mutter in Erscheinung getreten und so sah man es auch im Volke, das sich gern die Geschichte erzählte, in der sie einst das hungernde Kind einer armen Bettlerin an den eigenen Busen gedrückt und gestillt haben soll. Vollkommener Unsinn, wohl wahr, hatte sie doch nicht eines ihrer Kinder selbst gestillt, aber derlei Anekdoten waren ungemein gut für ihr Ansehen im Volke, das ja immerhin zur Hälfte aus zukünftigen oder bereits gewordenen Müttern bestand. Und genauso sollte es sein, fand Maria Theresia, man sollte sie respektieren, wenn nicht gar fürchten, aber vor allem sollte man sie als Landesmutter verehren.

Jetzt war sie fertig angekleidet. Ein Blick in den Spiegel, ein Augenrollen, ein Seufzen, ein Hinnehmen. Sechzehn Geburten gingen nun einmal nicht spurlos an einer Frau vorbei, Erzherzogin hin oder her. Die Haut fahl, die wenigen Zähne gelb und das Kinn – nun, da gab es ein eindeutiges Zuviel an Kinn in diesem Gesicht. Aber die Augen, die blickten immer noch so munter und wach, wie sie es eh und je getan hatten. Und das Blau des Capes harmonierte sehr gut mit ihnen. Die Herrscherin streckte den Rücken, der vom langen Liegen schmerzte, durch und schritt langsam voran, dem Saal entgegen, in dem heute die Bescherung ihrer lieben Kinderlein stattfinden sollte.

An alle hatte sie gedacht. Jedes Geschenk war handverlesen und von ihr persönlich in Auftrag gegeben worden. Lange hatte sie darüber nachgedacht, was wem am besten zupasskam. Ihrem Mann finanzierte sie den Ankauf einer seiner unsinnigen Sammlungen von Urzeitschnecken, die sie zwar sterbenslangweilig fand, die ihn jedoch enorm zu faszinieren schienen. Nun gut, dann sollte er sich eben mit toten Schnecken befassen. Bei Weitem besser, als wenn er mit der Frau des Grafen von … Maria Theresia schüttelte sich. Die Affären ihres Gatten waren ein Übel, dem nicht beizukommen war. Da durfte sich eine Frau schon fragen, wozu sie sechzehn Geburten durchmachte, wenn er ihn dann doch woanders hinein … Sie schob den Gedanken beiseite. Wo war sie noch gleich gewesen? Ah ja, Urzeitschnecken! Franz Stephan war also versorgt.

Dann kamen die Kinder dran. Der detailreiche Sammelkasten der Botanik war für Joseph gedacht, der Stickrahmen mit dem feinen Garn für Maria Christina. Daneben gab es ein Hutschpferd, ein Puppengeschirr und viele andere Dinge für die vielen Erzherzoginnen und Erzherzöge. Sogar der jüngste Spross der Familie würde ein Geschenk erhalten, eine silberne Rassel mit einer Gravur des Wappens der Habsburger.

Im Saal huschten die Diener hin und her, um alles herzurichten. Maria schickte sie mit einem energischen Winken hinaus. Dann inspizierte sie das Buffet, stahl sich ein paar der Leckereien von der Tafel (besonders hatte es ihr das Spritzgebäck angetan) und schritt schließlich hinüber zum Gabentisch. Dort lagen sie, die Geschenke, in wunderschönes blaues Seidentuch geschlagen und mit goldenen Bändern versehen. Sie begann zu zählen: eins, zwei, drei, vier … Sie endete bei zwölf. Augenblick, das konnte ja wohl nicht sein? Es müssten dreizehn Geschenke dort liegen! Noch einmal begann sie von vorne zu zählen: eins, zwei, drei, vier … zwölf! Du lieber Himmel!

Wer war vergessen worden? In ihrem Inneren breitete sich Hitze aus, stieg ihr zu Kopf und schon begann sie unter ihrer Perücke zu schwitzen. Sie ging die Namensschilder durch. Dieses hier war also für Joseph, das für den kleinen Karl, daneben lag das Geschenk für Leopold, dann kamen die Mädchen, Maria Anna, Maria Christina, Maria Elisabeth und so weiter. Oder etwa doch nicht? Fieberhaft begann die Erzherzogin nach dem Namen Maria Amalias zu suchen, allein – es gab kein passendes Namensschild. Ausgerechnet Amalia! Wo man mit dem Kind doch jetzt schon nichts als Ärger hatte! Immerzu fand sie Widerworte für ihre Mutter, nie war sie mit dem zufrieden, was man ihr zugestand, und die Lehrer klagten ohne Unterlass über den Starrsinn des Mädchens. Und nun das: kein Geschenk für Maria Amalia!

Wie hatte ihr das nur passieren können? Dreizehn Geschenke für dreizehn Kinder. Das war doch nicht so schwer! Und doch – bevor sie die Schuld an dem Malheur einem ihrer Sekretäre in die Schuhe schieben konnte, wusste sie schon, dass es diesmal tatsächlich an ihr gelegen hatte. Weil sie die Liste der Präsente nur diktiert, aber nicht selbst schriftlich niedergelegt hatte. Und weil sie offenbar so kurz vor der Niederkunft nicht mehr bis dreizehn hatte zählen können. Ihr Hofstaat offensichtlich auch nicht, sonst wäre wohl jemandem aufgefallen, dass bei dreizehn Kindern und zwölf Geschenken irgendetwas schiefgegangen war.

Was also war jetzt zu tun? Natürlich konnte man das Ganze so aussehen lassen, als ob Amalia mit Absicht kein Geschenk erhalten würde, zur Bestrafung, und die Erzherzogin musste zugeben, dass ihr der Gedanke für wenigstens ein paar Sekunden so etwas wie Befriedigung verschaffte, weil, nun ja, Amalia eindeutig nicht ihr Lieblingskind war. Doch was hätte das für ein Licht auf sie als Mutter geworfen? Nein, es musste ein Geschenk her und zwar sofort.

Maria Theresia schaute besorgt auf die Uhr über dem Kamin. Es würde nicht mehr lange dauern, bis sich die anderen Familienmitglieder auf den Weg in den Saal machten. Die Messe dürfte in eben diesem Augenblick zu Ende gegangen sein. Sie musste also schnell handeln.

»Diener, man bringe mir eine Feder und einen Kratzer! Schnell!«

Das Schreibzeug war alsbald zur Stelle und kurz entschlossen schritt sie auf den Gabentisch zu, packte das Geschenk für den kleinen Maximilian, griff nach dem Namensschild, kratze den Schriftzug herunter und schrieb dann mit ausladender Handschrift »Marie Antoinette« darauf. Gleiches tat sie mit den anderen Geschenken, indem sie sie je ein Kind weiter nach oben reihte. So bekam der kleine Ferdinand das Hutschpferdchen Marie Antoinettes, dessen Trommel ging an Maria Karolina, die wiederum ihr Püppchen an Maria Josepha weiterreichen musste und so weiter. Dass der kleine Leopold mit seinen neun Jahren ausgerechnet das Geschenk seiner sechsjährigen Schwester zugeeignet bekam, war alles andere als ideal, aber er würde sich schon über die bunten Perlen freuen, wenn sie ihm diese auch als mineralische Sammlung verkaufen musste und nicht als Schmuckperlen zum Selbstfädeln, was sie eigentlich waren. So ging also Leopolds Geschenk an Amalia über und das störrische Mädchen würde nunmehr mit einem Bildband über die Schönheiten Italiens bedacht werden. Sehr zufrieden mit dieser Lösung des Problems befahl Maria Theresia nun den Dienern, die Türen zu öffnen, damit sie ihren Mann und ihre Kinderschar begrüßen konnte, um ihnen ein wunderbares Christfest zu wünschen.

Später, in ihrem Schlafzimmer, gratulierte sich die Erzherzogin zu ihrem weisen Manöver und konnte zufrieden die glücklichen Gesichter ihrer

Kinder im Geiste Revue passieren lassen. Alle hatten sich artig bei ihrer Mutter bedankt, Franz Stephan hatte sie mit einem Perlencollier beglückt und sich offensichtlich über seine langweilige Schneckensammlung sehr gefreut. Lediglich die Frage ihrer Tochter Elisabeth, was denn der neue kleine Bruder, der auf dem Arm der Amme einige Minuten dem trauten Familienkreis beiwohnte, als Gabe erhalten solle, hatte sie etwas verstimmt, obgleich sie den Kindern selbstverständlich ohne Umschweife erklärt hatte, dass ein Neugeborenes keiner Geschenke bedurfte und sie sich darum um das Baby keine Gedanken machen sollten. Doch nun, allein in ihrem Bett, nagte das schlechte Gewissen an Maria Theresia. Also mühte sie sich noch einmal aus den Laken und ging ins Nebenzimmer, wo die Amme friedlich neben der Wiege schnarchte. Sanft hob sie das schlafende Kind heraus und trug es auf ihrem Arm ins Schlafzimmer. Der Kleine, durch die ungewohnte Nähe zur Mutter plötzlich geweckt, krähte leise, ließ sich jedoch schnell mittels einer eilig in den Mund gestopften Zeigefingerspitze beruhigen. Er saugte ein paar Mal daran und schaute dabei seine Mutter mit kleinen Äuglein fragend an.

»Eigentlich hättest du auch etwas Schönes haben

sollen«, gestand sie ihm flüsternd, »aber das hat nun Marie Antoinette bekommen.«

Der Kleine schnaufte leise beim Saugen. Vielleicht, so dachte Maria Theresia, sollte sie die Amme wecken. Er schien schon wieder Hunger zu haben. Doch dann überlegte sie es sich anders.

»Sollst auch was Feines kriegen«, flüsterte sie ihm zu und legte sich das Kind im Schoß zurecht. Sanft strich sie mit dem Zeigefinger zunächst über die zarte Kinderwange, schob schließlich ihr Nachthemd hoch und legte ihre rechte Brust frei. Dann tat sie, was sie bei ihrer Amme heute schon beobachtet hatte. Sie drückte ihre Brustwarze mittels Zeige- und Mittelfinger hervor und ließ sie in den Mund des Kindes gleiten. Sogleich begann der kleine Maximilian äußerst kräftig daran zu saugen.

»Autsch!«, entfuhr es der Herrscherin. »Himmel und Hölle! Das tut ja weh!« Sofort entzog sie ihm die Brust wieder. »Wie kannst du es wagen, deine Königin zu beißen?«

Sprach's und ließ ihr Nachthemd schnell wieder über die nackte Brust gleiten. Und während das Kind schon zu schreien begann, weil man ihm so abrupt Nähe und Nahrung entzogen hatte, rief Maria Theresia laut nach der Amme, man solle ihr doch auf der Stelle das brüllende Kind abnehmen, was auch sogleich geschah.

Als die Türen zu ihrer Schlafkammer geschlossen waren, ließ sie sich müde, aber erleichtert in die Kissen gleiten. Und noch während sie in den Schlaf hinüberdämmerte, konnte sie das Greinen des Säuglings von nebenan hören. In das gedämpfte Weinen mischten sich, ausgehend von der Michaelerkirche, die ersten Glockenschläge des Weihnachtsläutens.

Lonely This Christmas

Im Dino's hatte sich rein gar nichts verändert, seit er das letzte Mal hier gewesen war. Er kam nicht oft nach Downtown Las Vegas, aber wenn er es tat, dann ging er stets auf einen Sprung zu Dino's. Er liebte dieses Lokal. Hier war alles so wie immer, die Einrichtung so hässlich wie eh und je und die Leute so betrunken wie zu der Zeit, als dies noch ein Liquor Store war. Schnaps war billig im Dino's. Eine ehrliche Bar für ehrliche Alkoholiker. Es gab schlimmere Kneipen in Vegas.

Er ging direkt an die Bar und bestellte sich einen Tequilashot.

»Ist Chuck heute gar nicht da?«, fragte er den Barkeeper und kippte seinen Tequila hinunter.

»Nein, heute nicht. Noch einen?«

Er nickte und der Barmann füllte sein Glas ein zweites Mal.

»Wann geht's denn los?«, wollte er wissen.

Der Barmann sah auf seine Armbanduhr, eine echte Rolex Submariner. Wo er die wohl herhatte?

Und wozu brauchte man in Vegas eine wasserdichte Uhr? Sie waren hier mitten in der Wüste.

»Du darfst schon anfangen, wenn du willst«, informierte ihn der Barkeeper.

Heute war Karaoke Night und Aaron war der Meister des Karaoke. Da machte ihm so schnell keiner was vor.

»Nein danke«, winkte er ab, »ich warte noch ein bisschen.«

Die Bar war nur halb gefüllt. Kein Wunder, es war ja auch der 24. Dezember. Die meisten hatten heute Besseres zu tun, waren auf dem Weg zu ihren Familien oder rannten den letzten Weihnachtsgeschenken hinterher. Er würde sich vom heutigen Gewinn des Wettbewerbs einfach eine Flasche Champagner kaufen und sich damit zu Hause volllaufen lassen. Andere Pläne für Weihnachten hatte er nicht.

Aaron studierte die Lage. Am Tresen hingen zwei College-Studentinnen ab, die offenbar zu Weihnachten vor ihren Familien nach Vegas geflohen waren und einander nun alle paar Minuten versichern mussten, dass dies der beste Plan aller Zeiten war, obwohl sie vor Heimweh beinahe umkamen.

An den Tischen saßen einige Bauarbeiter. Die hatten ja immer zu tun, gleich, ob es nun ein Feiertag war oder nicht. Keiner von denen wirkte jedenfalls so, als wollte er lieber bei seiner Familie sein als hier in dieser Bar, zusammen mit seinen Kumpeln, ein Bud in der Hand und ein entspanntes Grinsen im Gesicht.

Und dann waren da noch ein Pärchen, das offenbar gerade geheiratet hatte, eine Frauenrunde, die ihren Männern, Kindern und Einbauküchen an diesem Abend entkommen waren und sich lautstark einen schönen Abend machten, und zwei einsame Trinker, beides Männer in seinem Alter. Aaron war zufrieden. Das hier war keine Konkurrenz für ihn, obwohl die Frauen es sicher versuchen würden. Dann endete es immer bei *I Will Survive* oder irgendeinem Song von The Mamas and the Papas. Sollten sie ruhig. Wenn er mit seiner Elvis-Nummer loslegte, hatten sie ohnehin keine Chance mehr. Er schaffte sie alle!

Die Karaoke Night bei Dino's war legendär. Aber weil Chuck nur fünfzig Dollar für den Sieger rausrückte, kamen keine Profis hierher, keiner dieser vielen enervierenden Elvis-Imitatoren, die nur das Gehabe, aber nicht die Stimme hatten, um Elvis glaubhaft zu verkörpern. Er hatte beides.

Aaron schaute kurz an sich hinunter. Der weiße Anzug mit dem tiefen Ausschnitt saß perfekt. Er hatte in den letzten Jahren kein Gramm zugelegt. Und die Brust hatte er sich erst heute Vormittag glatt rasiert. Außerdem hatte er eine Extraportion Haargel drin. Vielleicht war es nicht mehr so voll wie noch vor ein paar Jahren, aber sei's drum. Wenn er loslegte, war alles andere vergessen. Da machte ihm keiner was vor.

Wie er vermutet hatte, war es eine aus der Frauenrunde, die als Erste zum Mikro griff. Frankie Valli and the Four Seasons. Auch so ein Klassiker. Hatte Aaron schon mindestens hundertmal gehört. Nun gut, diese Version von *Can't Take My Eyes Off You* war gar nicht mal so schlecht. Großer Applaus der Damenrunde.

Dann kam der Bauarbeitertisch dran. Countryschnulze. Irgendetwas von Johnny Cash. Ganz mies. Der Applaus hielt sich in Grenzen. Aber die Stimmung war gut und die Damen ließen sich nicht lange bitten. Es folgten eine quietschende Aretha Franklin und eine nicht minder schräge Barbra Streisand. Die Mädels an der Bar brauchten noch zwei Shots, aber dann stiegen sie mit ein und sangen diesen unsäglichen *Fight Song*. Aaron hätte beinahe seinen Tequilashot wieder hochgewürgt. Aber natürlich bekamen sie viel Applaus vom Bauarbeitertisch. Logisch, bei den Titten.

Er brachte sich langsam in Stellung. Nach einer furchtbaren Madonna-Nummer, *Like a Virgin*, der frisch vermählten Braut waren sie fällig. Der ganze Raum schrie förmlich nach einem Könner wie ihm.

»Was soll's denn sein, Aaron?«, fragte der Barkeeper, der heute auch die Karaoke-Maschine bediente.

»Wir starten mal mit *Suspicious Minds*«, sagte Aaron und legte los.

Die Reaktion des Publikums war stets aufs Neue überwältigend. Die einen konnten es nicht glauben und begannen zu tuscheln, den anderen standen die Mäuler offen. Einige machten Handyaufnahmen. Nachdem er fertig war, schwoll der Applaus an und Aaron setzte seinen Siegeszug fort mit *In the Ghetto*.

Womit er nicht gerechnet hatte, war der Alkoholpegel im Raum, der sich aufgrund des bevorstehenden Weihnachtsfestes heute schon früh in die Höhe geschraubt hatte. Und besoffene Bauarbeiter waren erfahrungsgemäß kein einfaches Publikum.

»Kannst du auch was anderes als Elvis?«, rief plötzlich einer mitten in die Nummer hinein.

»Ja, Alter, geh doch mal ins Bad, um zu lesen!«, brüllte ein anderer in Anspielung auf Elvis' letzte Worte.

»Scht!«, zischte die Frauenrunde, der seine Darbietung offenbar gut gefiel.

Er brachte *In the Ghetto* gerade mal zu Ende, als ihm einer der Bauarbeiter das Mikro aus der Hand nahm und eine ganz gruselige Version eines Nickelback-Songs zum Besten gab. Das erregte den Unmut der Damen.

»Lasst mal wieder Elvis ran!«, schrien sie.

Der Bauarbeitertyp gab sich jedoch nicht so schnell geschlagen. Er sang einfach noch eine Rock-Nummer, besser gesagt, er lallte sie und fiel dann fast von der Bühne. Aaron sah zum Frauentisch hinüber. Und wie immer war auf die Damen mittleren Alters Verlass.

»Elvis, Elvis!«, skandierten sie.

Er ließ sich ein wenig bitten, dann bestieg er erneut die Bühne.

»Weil morgen Weihnachten ist und jeder von uns schon einmal einsam war, kommt hier einer meiner Lieblingssongs für euch: *Lonely This Christmas.*«

Es dauerte einige Takte, aber dann hatte er sie alle. »I'll be lonely this Christmas. Lonely and cold.« Denn keinen, der heute hier in dieser Bar war, ließ dieses Lied kalt, weil einfach jeder in dieser Bar wusste, was Einsamkeit bedeutete. Die

College-Girls ohne ihre Familien, die Hausfrauen, denen keiner mehr Beachtung schenkte, die Bauarbeiter weit weg von daheim und die Säufer sowieso. Er war noch nicht einmal in der Mitte des Songs angekommen, da konnte Aaron sehen, wie sich einer dieser Typen mit den dicken Oberarmen, die fast sein Karohemd zum Platzen brachten, ein paar Tränen aus den Augenwinkeln wischen musste.

Donnernder Applaus und der Barkeeper raunte ins Mikro: »Danke, Aaron! Ladies and Gentlemen, ich denke, wir haben einen klaren Gewinner! Hier sind deine fünfzig Dollar, Aaron. Merry Christmas!«

Aaron nahm den Dollarschein entgegen, verbeugte sich noch einmal und ließ sich vom Barkeeper einen letzten Shot mit auf den Weg geben. Dann stapfte er zur Tür hinaus und in den nächsten Schnapsladen, um dort seinen Champagner zu erstehen.

»Mein Gott, war der großartig!«, rief eine der Frauen aus, als sie beim Barkeeper eine Runde Margaritas für sich und ihre Freundinnen bestellte.

»Jepp«, sagte dieser, »das ist Aaron!«

»Er klang ja wirklich wie der echte Elvis!«, sagte die Frau begeistert.

»Kunststück«, antwortete der Barkeeper, »er ist ja auch der echte Elvis.«

Da lachte die Frau, die ein pinkes T-Shirt mit der Aufschrift »Pussy« trug, kurz auf. »Ich dachte, der Typ heißt Aaron!«

»Ja«, sagte der Barkeeper und grinste, »Elvis Aaron Presley. Das ist sein voller Name. Wussten Sie das nicht?«

»Nein!«, rief die Frau. Und dann noch einmal: »Nein! Wirklich? Also, das kann ich nicht glauben.«

»Tun Sie's oder lassen Sie's, aber er ist es wirklich. Kommt jede Woche hier vorbei, singt drei seiner alten Songs und steckt sich die fünfzig Dollar ein. Aaron gehört quasi schon zum Inventar. Und nun entschuldigen Sie mich bitte, ich muss sieben Margaritas mixen.«

Als die Frau an ihren Tisch zurückkehrte, forderte sie eine ihrer Freundinnen auf, ihr das Handy zu reichen.

»Joanna, gib mir mal dein iPhone!«

Dann sah sie sich das Video an, das sie gerade von Elvis aufgenommen hatte, lud es auf YouTube hoch und schrieb darunter: »Elvis lebt!« Es erreichte ganze fünfhundertfünfzehn Klicks.

Von Füchsen und Hühnern

Wo blieben die Eier? Bei Gott, wenn man nicht alles selber machte!

»Anna!«

Wo steckte das Mädchen nur wieder? Da konnte sie der Magd zigmal sagen, sie solle die Eier aus dem Stall holen und dann vergaß sie es doch wieder.

»Anna!«

Nichts zu machen, das Mädel war offensichtlich zu dumm, um die Aufgaben zu erfüllen, die man ihm gab. Sie würden es fortschicken müssen. Oder zum Ziegenhüten einteilen. Man war ja kein Unmensch. Aber ein Betrieb wie dieser musste nun einmal laufen und dumme Mägde hatte sie so nötig wie einen Kropf.

Katharina schnappte sich schließlich den Eierkorb und stapfte selbst in den Hühnerstall. Vor ein paar Tagen hatte sich der Fuchs eingeschlichen und in einem wahren Blutrausch nicht weniger als zwölf ihrer besten Hennen gerissen. Als sie am nächsten Morgen das Mädchen schickte, die wenigen Eier, die die Hühner ab und an im Winter legten, aus dem Stall abzusammeln, kam diese kreidebleich zurück in die Küche und musste sich in einen der Kübel übergeben. Rund um den Hühnerstall herum waren Blutspuren zu sehen gewesen, ein halber Kadaver, bei dem die Eingeweide heraushingen, und Federn so weit das Auge reichte. Wenn der Fuchs die blöden Hühner nur rupfen würde, wäre es Katharina ja recht gewesen. Reineke rupfte besser und schneller als die verstockte Anna. Nur fraß er die toten Viecher ja auch an, und dann konnte man nichts mehr mit ihnen anfangen. Katharina hatte die toten Tiere erst verbrennen und dann den Zaun erneuern lassen. So schnell würde da kein Fuchs mehr auf ihren Grund vordringen und ihr Federvieh stehlen.

Als sie mit einer äußerst mageren Ausbeute brauner Hühnereier wieder in die Küche kam, stand sie plötzlich ihrem Mann gegenüber, der ungeduldig auf sie wartete.

»Guten Morgen, lieber Herr Käthe!«, begrüßte er sie mit eher mürrischem, weil hungrigem Gesichtsausdruck. »Wo bleibt mein Frühstück?«

»Solltest du nicht fasten?«, blaffte sie zurück. »Immerhin ist heute Heiligabend.«

»Wann ich faste und wann nicht, darfst du getrost mir überlassen«, grummelte er.

»Und wann ich das Frühstück mache, ist meine Sache«, gab sie zurück. Dann aber versuchte sie es in versöhnlicherem Ton. »Anna, die dumme Dirne, hat vergessen, die Eier hereinzuholen, unsere Köchin Dorothea hab ich zum Bierbrauen eingeteilt und die anderen werkeln in der Backstube. Kannst du dich noch eine Weile gedulden?«

»Ungern«, sagte er. »Und nenn Anna nicht eine dumme Dirne. Das steht dir nicht gut zu Gesicht, diese Härte. Sie ist ein braves Mädchen, unsere Anna.«

»Wenn du meinst«, sagte Katharina und schüttelte den Kopf ob der großen Milde, die Luther gegenüber dem Mädchen an den Tag legte. Manchmal war er einfach zu sentimental, der liebe Martin.

»Und was macht mir mein Herr Käthe nun zu essen?«, fragte Luther. »Und vor allem: Was tu ich in der Zwischenzeit, bis ich endlich mein Frühstück bekomme und nicht mehr hungern muss, ich armer Mann?«

»Du wirst schon etwas finden, um dich zu beschäftigen, Martin«, entgegnete Katharina. »Ich hab gehört, Beten soll sehr hilfreich sein. Lenkt vom Hunger ab.«

»Jetzt, meine Liebe, klingst du schon fast wie der Papst!«

Er kniff ihr durch den Rock in die Pobacken und sie revanchierte sich mit einigen Zwiebeln, die sie aus einer herumstehenden Schale angelte und auf ihn warf. Eine traf ihn am Kopf.

»Also wirklich, Käthe!« Er rieb sich die schmerzende Stelle mit der linken Hand.

»Das soll dir eine Lehre sein, Martin Luther, eine ehemalige Nonne in den Po zu kneifen! Und nun verschwinde, ich muss das Weihnachtsessen vorbereiten. Ein Schweinebraten mit Salbei kocht sich nämlich nicht von selbst.«

Schließlich schob sie ihn freundlich, aber bestimmt aus der Küche. Doch Luther, bereits im Türrahmen stehend, begann plötzlich herumzudrucksen.

»Wegen des Weihnachtsessens ... Also, darüber wollte ich gerne noch einmal mit dir sprechen.«

Katharina ließ von ihrem Mann ab. Sie kannte ihn inzwischen gut genug, um zu wissen, dass da etwas im Busch war.

»Wie viele?«, fragte sie nur.

»Was meinst du, mein Herz?«, fragte er unschuldig.

»Wie viele Gäste hast du ohne mein Wissen eingeladen?«, wollte sie wissen.

»Fünfundzwanzig«, sagte Luther kleinlaut, dann

küsste er sie auf die Stirn und verschwand so schnell er konnte durch die Küchentür. Es fehlte nicht viel und Katharinas Stiefel hätte ihn in seinen Hintern getroffen.

Sie liebte ihren Mann, doch, das tat sie inzwischen wirklich. Es war zwar durchaus keine Liebesheirat gewesen, die sie beide zusammenschloss, aber mittlerweile hatten sie sich arrangiert. Er schätzte ein warmes Bett und war selig über den Nachwuchs, den sie geboren hatte, sie freute sich an der Sicherheit, die er ihr gab, selbst als Vogelfreier, denn er ließ sie mit den Spendengeldern und seinem Einkommen als Professor meistens schalten und walten wie sie wollte. Das war das Abkommen, das sie still und heimlich miteinander getroffen hatten. Es gab schlechtere Ehen.

Katharina sammelte die herumkullernden Zwiebeln ein und legte sie zurück in die Schüssel. Fünfundzwanzig zusätzliche Gäste, das waren nicht gerade wenige. Sie seufzte. Und es war beileibe nicht das erste Mal, dass ihr Mann, großzügig wie er war, seine darbenden Glaubensbrüder und armen Studenten an den Tisch holte, um sie abzufüttern. Nur fragte er sie normalerweise vorher um Erlaubnis. Das hatte er sich diesmal offensichtlich nicht getraut.

»Anna!«, schrie Katharina nun missmutig nach der Magd. »Komm sofort her! Es gibt viel zu tun.«

Sie würden die Vorräte anbrechen müssen, die, die sie eigentlich für die harten Tage aufgespart hatte. Es gab Dutzende Soleier, jede Menge getrocknete Kirschen und Johannisbeeren, aus denen sie eine Fruchtsuppe machen konnte, dann natürlich den Schweinebraten, haufenweise Mörserkuchen, Unmengen süßer Semmeln und Christbrot und nicht zuletzt die Rinderzunge, die sie erst gestern gekauft hatte, als sie dachte, es könnte vielleicht nicht reichen. Aber das alles würde kaum genügen, um die vielen zusätzlichen Esser sattzukriegen.

Als die Magd die Küche betrat, war Katharina gerade dabei, im Kopf eine Liste zu machen.

»Anna, lauf doch bitte zum Fischer hinunter und frag, ob er noch Karpfen übrig hat, die er uns abtreten kann. Und hol von der alten Frau Hanni noch ein paar Tauben.«

»Wie viele denn?«, wollte Anna wissen.

»Mindestens acht Karpfen und fünfzehn Tauben, so sie schon kochfertig sind.«

Da machte die Magd große Augen. »Ja, wie soll ich denn acht Karpfen und fünfzehn Tauben tragen, so ganz allein?«

Da hatte sie nicht unrecht. Also rief Katharina

nach dem Stallknecht und informierte diesen, als er in die Küche gepoltert kam, dass er noch ein paar Besorgungen würde machen müssen für das morgige Festessen.

»Du gehst mit Anna mit und holst Karpfen und Tauben«, befahl ihm Katharina und bemerkte mit Erstaunen, dass über das Gesicht des Stallknechts ein seliges Lächeln huschte. Offensichtlich gefiel ihm die Vorstellung, mit Anna allein zu sein. Katharina sah deshalb zu Anna hinüber, aber die schien den Burschen kaum bemerkt zu haben. Stattdessen saß sie kreidebleich auf der Bank und schabte Rüben. Plötzlich sprang sie auf, rannte zu einem der Waschkübel und spie hinein.

»Ei, ei, Anna, was hast du nur schon wieder?«, seufzte Katharina. Dann wandte sie sich erneut an den Stallburschen. »Stefan, du musst wohl allein los. Schaffst du das? Acht Karpfen, fünfzehn Tauben. Nein, bring besser gleich zehn Karpfen mit.«

»Sehr wohl, Herrin«, antwortete der Bursche. Katharina gab ihm Geld aus der Börse, die sie stets bei sich trug, und mit einem sorgenvollen Blick auf die immer noch würgende Anna machte er sich wieder aus dem Staub.

»Anna, Anna«, sagte Katharina seufzend. »Was soll das nur werden mit dir?«

Da richtete sich die erschöpfte Magd auf und Katharina konnte sehen, wie ihr die Tränen in die Augen schossen. Mehr brauchte es gar nicht, Katharina wusste bereits alles, was sie wissen musste.

»Komm einmal her zu mir«, sagte sie plötzlich ganz sanft zu dem Mädchen. Brav setzte sich Anna neben ihre Herrin auf die Bank. »Wie weit bist du denn schon?«

»Ich weiß nicht genau«, antwortete sie leise. »So gute zwei Monate wahrscheinlich.«

»Und was sagt der Stefan dazu?«, wollte Katharina wissen. »Will er dich denn nicht heiraten?«

»Er würd schon wollen«, sagte Anna und verbarg ihren Kopf in den Händen, jeden Augenkontakt mit ihrer Herrin meidend, »aber es ist ja nicht seines.«

»Ja, von wem ist es denn?«, wollte Katharina wissen, aber dann biss sie sich beinahe auf die Zunge. Was für eine dumme Frage! Katharina durchfloss plötzlich ein Zorn, wie sie ihn schon lange nicht mehr in sich gespürt hatte. Das Gefühl war so mächtig, dass es sie innerlich beinahe zerriss. Am liebsten hätte sie die Schüssel mit den Rüben gegriffen und an die Wand geschleudert. Aber sie hielt sich zurück, wenn es ihr auch schwerfiel. Dann legte sie sanft ihren Arm um die schluchzende Magd, zog sie an sich heran und tröstete sie, ganz so, wie sie es sonst mit ihren Kindern tat, und murmelte: »Keine Sorge. Wir werden schon eine Lösung finden. Wird schon alles gut werden. Wirst sehen.«

Später, als Katharina in der Küche werkte und Brotteig knetete, lediglich in Gesellschaft des dösenden Familienhunds Tölpel, der sich zu ihren Füßen auf dem Küchenboden ausgestreckt hatte, kam Luther wieder herein. Diesmal stand sein Frühstück auf dem Tisch. Er setzte sich, sprach ein kurzes Gebet und begann dann, seine Hafergrütze zu löffeln. Auf einmal ließ Katharina den Teig in die Schüssel fallen, sodass Tölpel winselnd vor Schreck hochfuhr, putzte sich die Hände an ihrer Schürze ab und setzte sich ihrem Mann gegenüber an den Tisch. Schweigend fixierte sie ihn, während er sich einen Löffel nach dem anderen in den Mund schob. Luther sah auf.

»Was ist, Käthe?«

Noch immer sagte sie kein Wort, aber Luther konnte sehen, wie es in ihr kochte.

»Nun sag schon«, mahnte er, »was hab ich verbrochen?«

Katharina holte tief Luft. »Musste das sein?«, fragte sie unwirsch.

Luther verstand kein Wort. »Was meinst du?«

»Dass du uns noch einen Esser an den Tisch setzt, das meine ich.«

Luther ließ den Löffel sinken. »Ach, Käthe, wenn es um die Gäste geht, die ich für heute eingeladen habe: Es tut mir leid. Ich hätte dich in der Tat fragen sollen.«

»Das meine ich nicht«, sagte Katharina. »Ich spreche von Anna.«

»Anna?« Luther tat so, als wüsste er von nichts, aber Katharina kannte ihn gut genug, um zu wissen, dass er nicht so unwissend war, wie er vorgab. Sie beugte sich über den Tisch und zischte: »Reicht dir unser Ehebett nicht? Musstest du unbedingt auch noch die Magd schwängern?«

Luther schluckte. Damit hatte er wohl tatsächlich nicht gerechnet.

»Hat Anna was gesagt?«, wollte er wissen.

»Das brauchte sie gar nicht«, sagte Katharina. »Das war auch so schon ziemlich eindeutig.« Und weil es Heiligabend und sie auf einmal unglaublich müde war, müde der vielen Arbeit und müde dieses Hurenbocks auf der anderen Seite des Tisches, seufzte sie tief. Dann sagte sie: »Das wird uns einiges kosten.«

Luther sah seine Frau fragend an und sie erklärte es ihm. »Du wirst ihr eine Mitgift ausstellen, genug, dass es für eine kleine Pacht im Umkreis reicht. Ich will diesen kleinen Bastard nicht bei uns im Kloster herumlaufen haben. Das gibt zu viel Gerede.«

»Eine Mitgift?«, fragte Luther.

»Der Stefan soll sie heiraten. Du musst ihm nur gut zureden. Der macht das schon, wenn die Mitgift hoch genug ist. Und Anna hat ja ohnehin keine Wahl.«

Jetzt verstand er.

»Tut mir leid«, sagte er leise.

»Das sollte es auch«, entgegnete sie. »Das Mädel ist keine siebzehn.«

Wieder nickte Luther und Katharina konnte sehen, dass er sich in der Tat zu schämen schien. Dann kaute er gedankenverloren auf seiner Unterlippe herum. »Was, wenn es mir ähnlich sieht?«

Katharina zuckte mit den Schultern. »Du und Stefan seht euch ähnlich genug. Es wird schon keinem auffallen. Und solange das Kind nicht anfängt den Papst zu kritisieren, kaum dass es sprechen kann, sehe ich da kein Problem.«

Da begann es Luther zu schütteln und aus seinem tiefsten Inneren heraus brach sich ein Gelächter Bahn, das noch bis in die entlegensten Kammern des Klosters zu hören war.

»Du bist die Beste, Käthe, weißt du das?«

»Ja, weiß ich«, antwortete Katharina, stand schließlich von der Bank auf und ging wieder hinüber zur Brotschüssel, um den Teig zu bearbeiten. »Und nun verschwinde aus meiner Küche. Ich hab viel zu tun. Immerhin muss ich ein Festmahl für fast fünfzig Personen vorbereiten.«

Luther kratzte noch den Rest Grütze aus seiner Schüssel, dann stand er auf, ging zu Katharina hinüber, küsste sie auf den Hinterkopf und verschwand schließlich summend durch die Tür hinaus. Katharina aber drückte in stillem Protest mit dem Zeigefinger Löcher in den Teig, bis sie ein dummes Gesicht aus der Schüssel heraus angrinste. Dann drosch sie mit aller Kraft hinein. Sie schlug so fest zu, dass die Tonschüssel einen Riss bekam.

Raunächte

»Johann?«

Schweigen.

»Johann!«

Der Geheimrat schlief tief und fest.

»Johann, zum Kuckuck, es klopft an der Tür!«

Christiane knuffte ihren Geliebten in die Seite – ohne Erfolg, Goethe öffnete nicht einmal die Augen, sondern nuschelte nur: »Diener.«

»Was?«, fragte Christiane.

»Diener«, wiederholte Goethe. »Der Diener soll hingehen.«

Offenbar hatte dieser das bereits getan und die Tür nicht nur geöffnet, sondern den nächtlichen Gast auch ins Haus gelassen, denn man konnte deutlich schnelle Schritte im Treppenhaus vernehmen. Und wirklich: Nur einen Augenblick später riss jemand schwungvoll die Tür zu Goethes und Christianes Schlafkammer auf. Christiane zog mit einem spitzen Schrei das Betttuch vor ihre Brust und Goethe fuhr erschrocken hoch.

»Schiller, was zum Teufel …«

»Gott zum Gruße!«, keuchte der. »Ich muss Sie sprechen.«

»Jetzt?«, rief Goethe aus. »Zu dieser nachtschlafenden Zeit? Sind Sie dem Wahnsinn anheimgefallen? Haben Sie die Bettwanzen gefressen? Ist die Hölle zugefroren oder was ist in Sie gefahren, dass Sie …?«

»Letzteres«, antwortete Schiller. Und dann fügte er unnötigerweise noch hinzu: »Es ist wirklich dringend.«

»Na, das merke ich«, brummte Goethe nur, wischte sich mit der flachen Hand übers Gesicht, seufzte und machte sich dann daran, aus dem Bett zu steigen. Mit einem ernsten Blick auf Christiane, der die Worte »Sag jetzt nichts, ich will es eh nicht hören!« in sich barg, tastete Goethe im Halbdunkel nach seiner Hose und Schuhen. Schiller verlagerte derweil unruhig sein Gewicht von einem Fuß auf den anderen. Als Goethe endlich fertig war, tippte Schiller zum Gruß mit dem Finger an seine Schläfe und sagte, zu Christiane gewandt: »Wird spät, Mademoiselle.« Er hielt Goethe die Tür auf.

»Gehen wir in mein Arbeitszimmer«, schlug Goethe vor und befahl, als sie am Diener vorbeigingen: »Wein!«

»Danke, nicht für mich«, sagte Schiller.

»Für mich schon«, betonte Goethe.

»Wie Sie meinen. Aber glauben Sie mir, was ich Ihnen zu berichten habe, sollten Sie sich besser nüchtern anhören, sonst schenken Sie meinen Ausführungen am Ende keinen Glauben.«

»Nein, mein Guter, ich schenke Ihnen erst gar kein Gehör, wenn ich nicht wenigstens etwas zu trinken bekomme!«

Das Arbeitszimmer war erstaunlich warm, wie Schiller bemerkte, trotz der eiskalten Außentemperaturen. Er lehnte sich an den Fenstersims. Es waren die Raunächte. Heute war der Tag des Evangelisten Johannes. Er würde Goethe zum Namenstag gratulieren müssen. Wie er das hasste. Noch ein paar Minuten, dann würde es Mitternacht schlagen, dann konnte er sich die Glückwünsche sparen. Schiller sah stumm auf die Uhr.

Als endlich der Diener mit dem Wein erschien, goss sich Goethe ein großes Glas ein, nahm einige hastige Schlucke, stellte das Glas dann ruckartig ab und ließ sich in seinen Arbeitsstuhl fallen.

»So, und nun sagen Sie mir, was Sie umtreibt, dass Sie mich um diese Uhrzeit aus meinem wohlverdienten Schlaf reißen?»

»Der Tod«, antwortete Schiller. »Oder besser gesagt: das Gegenteil davon.«

»Schiller, Ihre Todesangst in allen Ehren, aber wir müssen alle einmal sterben und deshalb brauchen Sie mich ja nicht gleich …«

»Ich habe ihn überwunden!«, brach es aus Schiller hervor.

»Donnerwetter!«, entfuhr es Goethe. »Schiller, Sie sind doch nicht der Messias! Was ist das jetzt wieder für ein Schwachsinn, den Sie sich da ausgedacht haben?«

»Kein Schwachsinn«, gab Schiller leicht gekränkt zurück, »obwohl Ihre Reaktion nur allzu verständlich ist. Ich würde es ja selbst kaum glauben, wenn ich es nicht mit eigenen Augen gesehen, mit meinen eigenen Ohren gehört, mit meiner eigenen Haut gefühlt …«

»Ja, ja«, unterbrach ihn Goethe. »Ich hab's begriffen. Der Reihe nach. Was ist also geschehen?«

Schiller nahm Goethe gegenüber Platz, wobei er sich auf seinem Stuhl weit vorlehnte, und begann zu erzählen.

»Sie wissen, wie sehr ich in den letzten Wochen mit meiner Arbeit an der *Maria Stuart* gehadert habe. Die Figuren – sie folgten mir nicht. Was ich auch tat, ich konnte sie kaum bändigen. Also suchte ich Rat – und ich fand ihn.«

»Bei mir, will ich meinen«, unterbrach ihn Goethe.

»Wir sprachen erst letzte Woche über das Thema miteinander, wenn ich mich recht entsinne.«

»Ja, das taten wir, guter Freund – aber so recht geholfen hat es nicht.«

»Hmpf«, machte Goethe. Es klang leicht beleidigt.

»Nehmen Sie es mir nicht übel, wenn ich nun sage, dass ich also Rat bei einem anderen Manne suchte, einem Manne, den ein Vorbild zu nennen doch beinahe eine Untertreibung wäre.«

»Sie haben Wieland gefragt?« Jetzt gab sich Goethe schwer gekränkt.

»Nein«, antwortete Schiller und legte eine dramatische Pause ein, »ich habe Lessing um Rat angerufen.«

»Und«, fragte Goethe unbeeindruckt, »was hat er gesagt?«

»Hören Sie nicht, was ich sage, Goethe? Ich sprach mit Lessing!«

»Sind Sie sicher, Schiller, dass Sie heute noch nichts getrunken haben?»

»Keinen Tropfen!«

»Geschnupft?«, hakte Goethe nach.

»Nein, nur Tabak, und das auch nur … Ach, was soll denn das! Goethe, ich sprach mit Lessing, dem toten Lessing! Das ist eine Sensation, verdammt!«

Goethe brummte zustimmend, wollte dann aber doch wissen, was Lessing ihm, Schiller, denn nun wegen der Stuart geraten habe.

»Das ist nun leider das Traurige an der Sache«, gab Schiller zu, »dass ich vor Aufregung beinahe alles vergessen habe. Und das Gespräch währte auch nur kurz, denn der Zauber, den ich dazu anwandte, ward jäh unterbrochen, als mitten in die Séance hinein Charlotte mich zu einem späten Nachtmahl rief und das Zimmer betrat. Lessings Geist ist daraufhin sofort verschwunden.«

»Das klingt logisch«, sagte Goethe. »Welcher Geist würde bei der Ankündigung von Brot und kaltem Schinken nicht sofort verschwinden?«

»Ihren Sarkasmus können Sie sich sparen!«, rief Schiller aus, sprang von seinem Sitz auf und zeigte dann mit dem Finger auf Goethe. »Ich werde es Ihnen beweisen!« Daraufhin schritt er ans Fenster, zog die Vorhänge zu, dimmte anschließend das Licht der kleinen Lampe am Schreibtisch, rückte einige Möbel zurecht und begann mit einem Kreidestück, das er aus seiner Manteltasche zog, einen Kreis mit drei Sternen in der Mitte auf den Fußboden zu zeichnen. Ins Zentrum des Kreises legte er ein ebenfalls mitgeführtes Exemplar von *Emilia Galotti*, das er auf der Seite aufschlug, auf der ihm das Konterfei Lessings entgegenblickte, und forderte Goethe dann auf, in den Hintergrund zu treten. Schiller begann auf Lateinisch vor sich hin zu murmeln, erst leise, dann immer lauter, bis er zum Schluss beinahe schrie. Und gerade als Goethe ihn einen Hysteriker und Scharlatan erster Güte schimpfen wollte, passierte das Unfassbare: Ein Licht, dessen Quelle aus dem Buch zu kommen schien, begann plötzlich bläulich schimmernd zu leuchten und gewann von Sekunde zu Sekunde an Stärke. Dann, als käme sie aus dem Licht heraus, sprach eine Stimme zu Schiller: »Was ist dein Begehr?«

»Gib dich zu erkennen, Geist!«, forderte Schiller diesen auf.

»Ich bin Lessing, der Dichter«, antwortete die Stimme.

»Großer Gott«, entfuhr es Goethe. Und dann sprang dieser plötzlich vor, riss das Exemplar von *Emilia Galotti*, aus dem es so geisterhaft glimmerte, an sich – und hielt es in die Flamme einer Kerze. Es fing sofort Feuer. Schiller war fassungslos.

»GOETHE! Was tun Sie da?«

Goethe ließ das Büchlein, das nun schon zu zwei Drittel von den Flammen erfasst war, zu Boden fallen, trat ein paarmal darauf und löschte so die Flammen. Dann sah er Schiller in die Augen und sagte: »Ich rette Sie und mich vor dem Verderben. Ihnen ist wohl nicht bewusst, welch Tragweite Ihr Tun hat, sollte es bekannt werden. Nichts von dem, was hier heute Abend geschehen ist, darf diesen Raum verlassen, hören Sie? Nichts! Es darf nichts bekannt werden!«

»Warum zur Hölle nicht?«, rief Schiller verzweifelt aus.

»Weil es Sie und mich in all unserem Tun, in all unserem Sein zur Nichtigkeit verdammen würde! Schiller, wenn Sie mittels dieses Spuks den Geist Lessings anrufen können, dann kann es auch jeder andere. Und nicht nur den Geist Lessings – auch Sophokles, Ovid oder gar Shakespeare wären womöglich heraufzubeschwören! Und nun stellen Sie sich vor, jeder mittelmäßige Schreiberling erhielte beim Verfassen seiner Verse plötzlich die Hilfe von Shakespeare – wie könnten wir da noch konkurrieren? Wer wären wir denn noch? Nein, mein Freund, wir sind die großen Geister Weimars und wir bleiben es auch!«

Schiller ließ sich erschöpft auf einen Stuhl sinken. »Also bleibt uns nichts anderes übrig, als uns selbst zu helfen?«, fragte er leise.

»Richtig. Ich bin der Ihre, Sie der Meine. Wir sind alles, was wir haben.«

Eine lange Pause entstand. Dann, sichtlich tief erschüttert, erhob sich Schiller aus seinem Stuhl, umarmte still den Freund und verließ wortlos das Haus am Frauenplan. Goethe vernichtete noch die letzten Spuren der Séance, rückte die Möbel gerade und kehrte dann zurück ins Schlafzimmer. Als er sich neben Christiane niederlegte, erwachte diese und murmelte halb verschlafen: »Was wollte Schiller denn so Dringendes von dir?«

»Nichts Wichtiges, mein Herz«, sagte Goethe leise. »In den ist nur der Teufel gefahren. Den werd ich ihm schon wieder austreiben!«

»Gut«, flüsterte Christiane, die im Begriff war, wieder einzuschlafen, und fügte gähnend noch hinzu: »Tu, was du nicht lassen kannst.« Dann konnte Goethe nur noch ein leises Schnarchen von ihr vernehmen. Der Geheimrat aber fand in dieser Nacht keinen Schlaf mehr.

Weihnachtskämpfe

Sie konnte es spüren. Aus jeder Ritze des Bauwerks schlug ihr Feindseligkeit und Kampfbereitschaft entgegen. Es würde also nicht leicht werden, hineinzugelangen, aber sie sah keinen anderen Weg, um zu retten, was noch zu retten war. Also holte sie tief Luft und marschierte entschlossen auf einen der verbarrikadierten Seiteneingänge des Berliner Schlosses zu, wobei sie schmerzerfüllt versuchte, das Hinken so gut es ging zu kaschieren. Es gelang ihr nur mäßig. Der Wachposten, den die Marinesoldaten abgestellt hatten, hielt sie auf.

»Was wollen Sie?«, rief er ihr zu, als sie noch wenige Meter entfernt war.

»Ich will zu meinem Sohn«, sagte Rosa mit fester Stimme. »Der ist hier«, sie deutete auf das Schloss, »stationiert.«

Da fing der Soldat an zu lachen, aber es klang nicht eben freundlich. »Einfach stationiert ist hier keiner«, sagte er. »Wir sind hier im Krieg, gute Frau.«

»Ja, das weiß ich«, antwortete Rosa, obwohl der

Krieg doch schon seit über einem Monat vorbei war. Nur eben hier nicht, in diesem Gebäude.

»Wie heißt denn Ihr Sohn?«, wollte der Soldat wissen.

Das hatte sie sich zuvor gut überlegt. Hansen war ein häufiger Name im Norden und daher sicher auch unter den Marinesoldaten, aber der Vorname musste natürlich passen. Jetzt brauchte sie Glück.

»Hansen«, sagte Rosa, »Knut.«

»Kenn ich nicht«, antwortete der Soldat. »Wer soll das sein?«

Rosa holte das Foto hervor. Lange hatte sie nach einem Weg gesucht, ins Schloss zu gelangen, und war erst gestern zufällig darauf gestoßen, als sie an einem geplünderten Fotografenatelier vorbeigekommen war. Da hatte im Schaufenster, das nun in Trümmern lag, ein noch intakter Fotorahmen gestanden, der einzige noch heile Rahmen unter zig zertrümmerten und zersplitterten Exemplaren, und er zeigte einen sehr jungen Matrosen in Uniform, mit aufrechter Haltung und ernstem Blick. Rosa hatte sich das Bild geschnappt, das Foto aus dem Rahmen genommen und es in ihre Tasche gesteckt. Und genau dieses hielt sie nun dem Wachposten vor die Nase.

»Das ist er«, sagte sie, »mein Knut. Erkennen Sie ihn wieder?«

Der Soldat schüttelte den Kopf. »Nein, aber ich kann ja nicht alle kennen.«

»Richtig«, stimmte ihm Rosa zu und machte dabei ein enttäuschtes Gesicht, ganz so, wie man es von einer Mutter erwarten würde, die ihren verschwundenen Sohn suchte und schon am Rande der Verzweiflung war. Sie hoffte auf Mitleid – und sie wurde nicht enttäuscht.

»Sie sind keine Spionin, oder?«, wollte der Soldat wissen.

»Was? Natürlich nicht!«, tat Rosa entrüstet. »Wo denken Sie hin! Für wen sollte ich schon spionieren? Ich bin einfach nur eine Mutter, die zu ihrem Jungen will.«

»Und was soll ich da nun machen?«, fragte die Wache.

»Bitte, lassen Sie mich doch zum Kommandanten vor. Er muss unserem Jungen freigeben. Wenigstens ein paar Stunden! Es ist wirklich wichtig. Bitte!«

Rosa beabsichtigte tatsächlich, den Kommandanten zu sprechen, aber nicht um irgendjemandes Sohn zu finden, sondern vielmehr um eine weitere Eskalation des Konflikts zwischen Marinedivision und provisorischer Regierung zu verhindern. Und wenn sie schon dabei war, wollte sie nichts unversucht lassen, die Position des Spartakusbundes zu stärken. Wer wusste schon, wen sie hier auf ihre Seite ziehen konnte? Einen Versuch war es wert. Aber es musste schnell geschehen. Rosa plante, den Kommandanten zu überrumpeln. Ansonsten bestand die Gefahr, dass man sie, anstatt sie anzuhören, als Geisel gefangen nahm. Der Überraschungsmoment war es, worauf es ankam. Nur so konnte ihre Mission, die im Übrigen mit niemandem abgesprochen war, nicht einmal mit Karl, gelingen. Nur wer wagte, der auch gewann!

Der junge Mann zögerte. »Was kann denn so wichtig sein, dass Sie sich hier in Gefahr begeben? Ich meine, Sie wissen schon, dass wir hier in Kampfstellung stehen …«

Zum Glück hatte sie sich auch darüber zuvor Gedanken gemacht.

»Mein Mann!«, rief sie schnell. »Er liegt im Sterben. Angeschossen, bei Straßenkämpfen. Und nun will er unseren Sohn ein letztes Mal sehen.«

Der Soldat schien ehrlich betroffen. »Das ist ganz schrecklich, Mütterchen, noch dazu zu Weihnachten, aber ich kann Sie trotzdem nicht vorlassen.«

Mütterchen hatte sie noch nie jemand genannt.

Gott, sah sie etwa schon so alt aus? Was dreieinhalb Jahre Gefängnis nur aus einer Frau machten! Rosa riss sich zusammen und blickte dem jungen Wachposten tief in die Augen.

»Zeigen Sie doch etwas Herz! Lassen Sie einen Sohn zu seinem sterbenden Vater!«

Sie begann zu zittern und zu schluchzen und konnte sehen, wie plötzlich aller Widerstand in dem jungen Mann dahinschmolz. Schließlich nickte er ihr zu und ließ sie passieren und Rosa machte, so schnell sie konnte, um an der Wache vorbei ins Gebäude zu gelangen, was nicht ganz einfach war, weil sie ihren Spazierstock in ihrer Unterkunft gelassen hatte, um nicht gleich erkannt zu werden. Bei der Wache hatte sie Glück gehabt. Darauf konnte sie aber in einem Gebäude voller Menschen, unter denen sich ganz sicher auch einige Genossen befanden, nicht hoffen. Also beeilte sie sich, um möglichst schnell dorthin zu gelangen, wohin sie wollte. Doch im Treppenhaus war bereits Schluss, als sie in einen weiteren jungen Matrosen hineinrannte.

»Tschuldigung«, murmelte dieser und sah sich verstohlen im ansonsten leeren Treppenaufgang um.

»Nichts passiert«, sagte Rosa leichthin, aber dann wurde sie gewahr, was der junge Soldat in seiner Hand hielt und da stockte ihr kurzzeitig der Atem, denn sie blickte auf einen echten Caspar David Friedrich.

»Ist es das, was ich glaube, das es ist?«, fragte sie.

Der junge Mann wirkte wie ein Achtjähriger, den man beim Bonbonstehlen erwischt hatte. »Ähm, ich weiß nicht …?«, sagte er.

Da baute sich die kleine Rosa zu ihrer vollen Größe auf und sah dem jungen Soldaten direkt in die Augen, was deshalb funktionierte, weil sie zwei Treppenstufen über ihm stand, und sagte: »Bringen Sie es sofort dahin zurück, wo Sie es herhaben!«

Normalerweise, das wusste Rosa, hatten ihre Worte Gewicht und sie konnte sehr einschüchternd wirken, wenn sie wollte. Daher war sie, gelinde gesagt, überrascht, als sie auf Widerstand stieß. Der junge Mann holte tief Luft und schüttelte den Kopf. »Das mach ich sicher nicht, Frau Luxemburg.«

Verdammt, sie war erkannt worden. Was tun? Einfach weiterreden. Das half meistens.

»Machen Sie sich nicht unglücklich!«, bedrängte sie ihn. »Wenn man Sie beim Stehlen erwischt, bedeutet das Zuchthaus! Oder Schlimmeres. Vielleicht werden Sie erschossen!«

»Möglich«, sagte der junge Soldat und zog die Stirn in Falten.

»Wollen Sie etwa für einen Caspar David Friedrich sterben?«, fragte Rosa.

»Ne, ich will nicht sterben. Aber wenn doch, dann will ich ein anständiges Grab. Ich will nicht irgendwo verscharrt oder ins Meer gekippt werden. Was glauben Sie, wie viele Kameraden ich so verloren hab? Ich will das nicht. Ich will, dass meine Mutter sich an mich erinnern kann. Und deshalb bringe ich ihr das hier.«

Er hielt das Bild hoch. Darauf war ein Kreuz zu sehen, das auf einem Hügel stand. Rosa kannte das Bild gut. Es hieß *Kreuz an der Ostsee.* Es war eines ihrer absoluten Lieblingsbilder.

»Und was soll Ihre Mutter bitteschön mit einem echten Caspar David Friedrich an der Wand anfangen?«, wollte Rosa wissen.

»Das hier«, sagte der junge Mann, »ist mein Grabstein. Ich sterbe sowieso bald, in diesem Krieg oder im nächsten, den die da oben anzetteln. Einen Stein setzt mir dann sicher keiner. Aber wenn meine Mutter dieses Bild hier sieht, mit dem Kreuz an der Ostsee, dann kann sie dabei an mich denken. Also halten Sie mich nicht länger auf!«

Er wollte gehen, aber Rosa griff zu und hielt ihn am Arm fest. »Das Bild gehört Ihnen nicht. Es gehört dem Volk.«

»Ja, und ich bin das Volk«, sagte der junge Mann und versuchte, Rosas Hand abzuschütteln. Es gelang ihm nicht, ohne dass er das Bild hätte loslassen müssen. Ängstlich sah er sich um. Sie würden nicht mehr lange unentdeckt bleiben. »Wenn Sie«, begann er daher, »mich nicht gehen lassen, melde ich Sie dem Kommandanten. Dann nimmt er Sie als Geisel gefangen, Frau Luxemburg. Oder Schlimmeres.«

»Gut, tun Sie das«, sagte Rosa. »Aber wenn Sie mich verraten, verrate ich auch Sie und dass Sie ein überaus wertvolles Gemälde gestohlen haben, das Sie nun zu Ihrer Mutter bringen wollen. Dann werden Sie nicht nur wegen Diebstahls angeklagt, sondern auch wegen Desertion. Bevor Sie auch nur Muh sagen können, hat man Sie schon standrechtlich erschossen. Kein Grab, kein Bild, kein gar nichts.«

Das brachte den jungen Mann offenbar zur Vernunft. Was war also zu tun? Keiner von ihnen beiden sollte hier im Stiegenhaus gesehen werden. Einfach weitergehen und so tun, als ob nichts geschehen wäre, war allerdings auch keine Option.

»Wenn Sie das Bild wieder an seinen Platz tragen, werde ich versprechen, still und heimlich zu verschwinden«, sagte Rosa schließlich.

Der junge Mann kaute auf seiner Unterlippe. Dann nickte er. »Einverstanden. Ich trag das Bild zurück und Sie hauen wieder ab. Keiner hat irgendwen gesehen und wir sind quitt.«

»Versprochen?«, fragte Rosa.

»Versprochen«, sagte der junge Mann.

Sie war sich ziemlich sicher, dass er trotzdem versuchen würde, das Bild zu stehlen. Aber für diesen Moment war Rückzug vielleicht das Beste. Rosa nickte dem jungen Mann daher zu, der das Bild schulterte, um es wieder die Treppe hinaufzutragen, während sie sich selbst daran machte, die Treppe hinabzusteigen. Sie war hierhergekommen, um ein erneutes Blutvergießen zu verhindern, indem sie den Kommandanten davon abhielt, in eine verlorene Schlacht zu ziehen, und gerettet hatte sie ein Gemälde. Das war zwar nicht das, was sie ursprünglich gewollt hatte, aber es war besser als gar nichts.

Als sie am Wachposten vorbeikam, grüßte dieser sie höflich und sprach sie an. »Na, Mütterchen, haben Sie ihn gefunden?«

»Wen?«, fragte sie geistesabwesend.

»Na, Ihren Liebling!«, sagte der Wachposten.

»Ach so, ja, der Friedrich, der bleibt da.«

»Ja, wenn das so ist«, sagte der junge Soldat und

tippte sich zum Abschiedsgruß an die Stirn, »dann wünsche ich Ihnen trotzdem fröhliche Weihnachten.«

»Jaja«, sagte Rosa, »Ihnen auch fröhliche Weihnachten.«

Sie humpelte schnell weiter und war schon fast außer Hörweite, als dem Soldaten ein Licht aufging. »Warten Sie mal!«, rief er plötzlich. »Ich dachte, Ihr Sohn heißt Knut! Hey! So warten Sie doch! Stehen bleiben! Bleiben Sie verdammt noch einmal stehen oder ich schieße!«

Aber da sauste auch schon die erste Mörsergranate durch die Luft und schlug, welch glücklicher Zufall, direkt ins Wärterhäuschen ein. Der Kampf um das Berliner Schloss hatte begonnen.

Der Mann aus Wachs

Die Stille, die sich an diesem Morgen über seine Werkstatt legte, war erdrückend. Er hatte seinen Schülern freigegeben, sodass sie ihre Familien besuchen und in die Kirche gehen konnten, wie es an diesem Tage üblich war. Er blieb allein in seiner Werkstatt zurück, die an das Kloster der heiligen Annunziata grenzte. Natürlich hatte man ihn eingeladen, den Tag zusammen mit den Mönchen des Klosters zu begehen, und ihn mit Nachdruck zum Festmahl gebeten. Aber er hatte sich dagegen entschieden und stattdessen nach der Morgenandacht wieder seine Räume aufgesucht. Er schützte Arbeit vor und man ließ ihn gehen.

Nun schob er lustlos einige Holzlatten beiseite und warf ein paar wertlose Blätter mit misslungenen Skizzen in das Feuer, das ihm die Dienerin heute Morgen noch entfacht hatte, bevor sie sich auf den Weg zu ihrer alten Mutter in Gottweißwo machte.

»Und Ihr kommt wirklich allein zurecht, Meister?«, hatte sie gefragt.

»Aber sicher«, hatte er geantwortet. »Na los, verschwinde. Es ist Christfest! Da sollte man bei seiner Familie sein.«

Also war auch sie gegangen, mit all den anderen, und nun stand er inmitten dieses Chaos und fand weder die Lust noch die Kraft aufzuräumen oder gar zu arbeiten. Stattdessen ließ er sich müde in einen der Sessel nahe beim Kamin fallen und hielt seine Hände gegen das Feuer, denn es war ein ungewöhnlich kalter Morgen und die Nebel, die vom Arno aufstiegen und Florenz in ein weißes Tuch hüllten, setzten ihm zu. Seine Finger fühlten sich ganz steif an.

Als er noch ein kleiner Junge gewesen war, hatte er sich, wenn ihm kalt wurde und er nicht ins Haus kommen durfte, in den Stall zurückgezogen und die Nähe der Tiere gesucht. Er hatte mit den Katzen im Heu gespielt, die Pferde gestreichelt, sein Gesicht an ihr warmes Fell gedrückt und ihrem Atem nachgespürt, bis er sich eins mit dem Tier gefühlt hatte, eins mit dem Leben, eins mit der Welt. Und wo immer ihn später sein Weg auch hinführte, nahm er ein wenig davon mit. Leonardos Werkstatt, wo sie auch stand, war nicht selten bevölkert von kleinem und großem Getier, das meiste davon Katzen, hauptsächlich der Mäuse und Ratten wegen, die sich gerne in den Sägespänen einnisteten.

Man sagte, Tiere hätten keine Seele, aber wenn er in die Augen dieser Kreaturen blickte, war er sich da nicht sicher. Stattdessen hielt er die vermeintliche menschliche Überlegenheit anderen Kreaturen gegenüber für selbstgefällig und hochmütig, bedachte man, wie kompliziert allein schon ein Vogelflügel gebaut war, um den kleinen Körper in die Lüfte zu heben, seinem Schöpfer entgegen. Dennoch – der Mensch war wohl das größte Faszinosum. Sein Körper, sein Geist, sein unbedingter Wille und sein Streben nach Wissen und Erkenntnis, all das war eine schier unerschöpfliche Quelle des Staunens für einen Mann wie ihn. Und doch scheute er die Gesellschaft der Menschen, zog die der Tiere oftmals vor, weil ihn die Grausamkeit der eigenen Spezies abstieß.

Fünf Jahre mochte er gewesen sein, vielleicht auch schon sechs, da hatten ihn die Nachbarsjungen plötzlich umzingelt. Sie waren quasi aus dem Nichts aufgetaucht, als er auf der Wiese beim Hof Klee sammelte. Sie hatten ihn einen Bastard geheißen und glaubten, sie, die ehelich Geborenen, hätten deshalb das Recht, ihn zu erniedrigen. Sie schubsten ihn, bewarfen ihn mit Dreck und drückten sein Gesicht schließlich in einen warmen Kuhfladen hinein, während sie ihm Tritte in den Allerwertesten verpassten, bis sie endlich schreiend und lachend von ihm abließen und ebenso schnell verschwanden, wie sie gekommen waren. Den Gestank, den er fortan mit sich trug, würde er nie vergessen, und nie das Geräusch der Häme, als sie sich über ihm ausschütteten vor Lachen, einfach weil sie es konnten. Der Mensch war ein grausames Wesen und dass Gott ihn für wert hielt, errettet zu werden, und zwar vor sich selbst, war höchst erstaunlich. Nein, er bevorzugte Tiere bei Weitem, wenn es um die Frage eines Gefährten im Leben ging. Und doch …

Leonardo blickte sich in seiner Werkstatt um. Er war wirklich ganz allein. Nicht eine der vielen Katzen, die sonst während seiner Arbeit um seine Beine zu streunen pflegten, war zugegen. Nicht einmal ein Vogel war zu hören. Er war jeder Gesellschaft beraubt, ein Zustand, der ihm normalerweise weder Angst machte noch ihn sonderlich störte, aber heute war kein Tag wie jeder andere. Heute war ein kalter Christtag und Leonardo da Vinci sehnte sich nach etwas Wärme.

Er hatte nie geheiratet und das hatte seinen Grund. Er war nicht willens gewesen, der Welt ein falsches Leben vorzugaukeln, einfach um sich anzupassen, und die wenigen Liebhaber, mit denen er für einige Zeit Tisch und Bett teilte, waren stets von selbst gegangen, weil er ihnen neben der Kunst und der Wissenschaft wenig Platz in seinem Leben zugebilligt hatte. Trotzdem sehnte er sich manchmal nach dem einen oder anderen zurück, nach ein paar grünen Augen, einem Grübchen am Kinn, einer Falte am Bauch, einem festen Hintern oder schlichtweg nach dem hellen Lachen eines Gefährten am Morgen. Alle waren sie weitergezogen und er hatte sie nicht aufgehalten. Letztlich, so musste er sich eingestehen, hätten sie ihm ja doch nicht das geben können, was er wollte.

Leonardo stocherte mit dem Schürhaken im Feuer herum und schob eines der Scheite, das er neu aufgelegt hatte, näher an die Glut heran. Es knackte im Holz und ein paar Funken stoben nach oben. Das Licht ließ die Schatten an den Wänden tanzen, eine ganze Familie kleiner schwarzer Spitzen züngelte um ihn herum, dicht an dicht und voller Leben. Und sie begannen zu singen, diese Schatten, erst leise, dann immer lauter konnte er ihre Stimmen hören. Sie klangen vertraut, fast liebevoll, so, als wollten sie ihn ins Feuer locken, damit er eins werde mit ihnen. Komm, wisperten die Stimmen, komm mit!

Der Meister fuhr hoch, als sein Kopf aus der aufgestützten Hand rutschte. Er musste eingenickt sein. Ja, das war es wohl. Wie verstörend, dachte er, diese Stimmen und Lichter … Ich muss etwas arbeiten. Sofort! Dieses Nichtstun treibt mich sonst noch in den Wahnsinn.

Energisch stand er von seinem Stuhl auf und machte sich über einen Stapel Blätter her. Sogleich begann er, die Rückseiten zu beschriften. Er maß und skizzierte gute zwei, drei Stunden lang. Unter seinen kenntnisreichen Händen nahmen plötzlich Gliedmaßen, Muskeln, Sehnen, schließlich Augen und Mund Form an. Das Gesicht ähnelte niemandem bestimmten, aber Leonardo erkannte darin alle wieder, die ihn je berührt hatten und die er hatte berühren dürfen. Der Mann, den er gezeichnet hatte, war der Eine.

Er hielt inne, betrachtete eingehend die zarten Wangen, die kräftigen Muskeln, die ganze Schönheit dieser Kreatur und nickte, wie um sich selbst zu bestätigen: Du hast recht getan, Leonardo, nun gehe hin und setze um, was du ersonnen hast! Denn es sollte nicht bei dieser Zeichnung bleiben. Neben der äußeren Hülle hatte er auch das Innere des idealen Mannes gezeichnet, ein irrwitziges Konstrukt aus Stangen, Scharnieren und Ösen, das es Leonardo ermöglichen würde, den Mann aus Wachs, Holz und Metall zum Leben zu erwecken.

Die Sonne war schon längst untergegangen und er hatte weder gegessen noch getrunken, sondern arbeitete ohne Unterlass, nur im Schein des Feuers, und war gänzlich in seine Konstruktion versunken, sodass er gar nicht bemerkte, wie die Dienerschaft nach und nach zurückgekehrt war. Keiner wagte es, den Meister zu stören, leise zogen sie sich in ihre Kammern zurück und erhielten den Anschein aufrecht, Meister da Vinci sei noch immer allein. Es dämmerte schon und der Morgen des Stefanitags brach an, als Leonardo endlich von seiner Kreation abließ und erschöpft in den Sessel sank. Er war weit davon entfernt, sein Werk zu beenden, aber das Wichtigste hatte er bereits geschafft. Ein formvollendeter Jünglingskopf aus Wachs sah ihn mit wachen, freundlichen Augen an. Daneben lagen schon die zarten Hände bereit, die er an seinem mechanischen Mann anbringen wollte. Auch das Gestell, das den schweren Körper tragen würde, war zu einem Gutteil fertig. Wenn er sein Werk vollendet hatte, würde der Jüngling nicht nur den Kopf, Beine und Arme bewegen können, sondern sogar einzelne Finger, denn in die Wachskonstruktion der Hände hatte er eine filigrane Mechanik eingebaut.

Nie wieder, schoss es Leonardo durch den Kopf, würde er einsam sein müssen. Dieses Wesen hier, einmal zum Leben erweckt, würde ihm Gesellschaft leisten, besser als jeder menschliche Gefährte es je getan hätte, besser sogar als jedes Haustier, das ihn verließ, um Mäuse zu jagen. Er hatte den perfekten Menschen erschaffen.

Es war dieser Gedanke, der ihn endlich aus seinem Traum aufschrecken ließ. Im fahlen Licht des neuen Tages wirkte der Wachskopf mit einem Mal leblos und die leeren Augen blickten wie durch ihn hindurch. Was hatte er nur getan? Wollte er sich denn versündigen und Gott spielen, nur um seiner Einsamkeit zu entfliehen? Erschrocken vor sich selbst schritt er entschlossen zum Kamin, schürte die Glut, legte neues Feuerholz nach, und als die Flammen endlich hochzüngelten, warf er Kopf und Hände seines mechanischen Mannes hinein. Das Wachs schmolz schnell und binnen weniger Augenblicke war der Spuk vorbei. Nun griff Leonardo auch zu der Mechanik, die das Rückgrat der Figur hätte bilden sollen, aber diesmal zögerte er. Müde ließ er schließlich den Arm wieder sinken, noch bevor die Holzstäbe das Feuer erreichten und stellte das Gebilde wieder auf dem Werktisch ab. Dann sank Leonardo da Vinci kraftlos in sich zusammen. Zitternd, schluchzend kniete er auf dem harten Steinboden vor dem Feuer nieder, als plötzlich eine der Katzen das Zimmer betrat, auf ihn zusteuerte und sich gleich darauf an seinen Füßen zu reiben begann. Leonardo griff zu, packte das Tier, das dies willig mit sich geschehen ließ und zog es eng an sich heran. Erschöpft legte er seinen Kopf an das warme Fell und horchte dem Klopfen des kleinen Herzens nach. Und mit jedem Schlag floss das Leben in ihn zurück.

Ein Weihnachtsleuchten

Ihr Nacken schmerzte. Sie hatte den ganzen Tag in dem zugigen Schuppen gesessen und die letzten Messungen wieder und wieder durchgerechnet. Nun war sie müde, ihre Augen schmerzten und ihre Finger taten ihr weh, sodass sie nicht einmal in der Lage war, sich die Nackenmuskulatur zu massieren. Marie schaute im schwachen Licht der Glühbirne, die über ihrem Schreibtisch hing, auf ihre Fingerspitzen. Die Nägel waren immer noch entzündet, sie hatte sie mit Stoffstreifen bandagiert. Das half immerhin etwas gegen die Schwellung.

Sie sah auf die kleine Uhr, die auf dem Tisch stand. Pierre hatte sie ihr in Stockholm gekauft, als sie diesen Sommer dort gewesen waren. Die Uhr war stehen geblieben, weil Marie vergessen hatte, sie aufzuziehen. Wie spät es jetzt wohl war? Marie sah durch das mit Eisblumen überzogene Fenster nach draußen, aber da war nur Dunkelheit zu erkennen. Sie würde sich auf den Heimweg machen müssen, aber vorher musste sie diese Rechnung zu Ende bringen. Entweder hatte sie gerade ein neues

Element entdeckt oder irgendetwas stimmte mit den Messdaten nicht.

Sie schlang ihren Schal fester um die Schultern und senkte den Kopf wieder über ihre Aufzeichnungen, als plötzlich die Tür aufging und Pierre, in der Hand einen winzigen Tannenbaum, hereingeschneit kam – buchstäblich.

»Oh, Liebling, schließ schnell die Tür! Sonst weht uns der ganze Schnee herein!«

Pierre ließ mit einem Krachen die Tür zufallen.

»Geliebte Manya!«, begann er und verbeugte sich vor seiner Frau, »ich bin im Auftrag ihrer Majestäten, Prinzessin Irène und Prinzessin Ève, hier, um Sie, Madame, eilends nach Hause zu holen. Es mag Madame entgangen sein, aber heute ist Weihnachten und die Hoheiten wollen mit ihrer Mutter zusammen die Lichter am Weihnachtsbaum entzünden.«

Er hielt das schmächtige Bäumchen in die Höhe. Marie lachte, schüttelte aber gleichzeitig den Kopf. »Ich kann hier noch nicht weg, Pierre. Ich muss das noch einmal durchrechnen. Irgendetwas stimmt mit den Messdaten nicht und …«

»Ach, ich armer Mann!«, stöhnte Pierre auf, lehnte den Tannenbaum an die Wand und ging um den Schreibtisch herum, um einen Blick auf die Aufzeichnungen seiner Frau zu werfen. »Die zwei Hoheiten daheim werden mich furchtbar ausschimpfen, wenn ich ohne dich zurückkehre.«

»Also bitte, Pierre, Ève ist gerade mal ein Jahr alt! Und da soll das Kind schon mit seinem Vater schimpfen?«

»Aber sicher!«, beharrte Pierre und ließ seine Hand nun auf Maries Nacken ruhen. »In der Beziehung ist sie bereits ein Wunderkind, wenn auch ein ganz besonders schlecht gelauntes«, fügte er hinzu.

»Oh«, stöhnte Marie auf, »könntest du mich eventuell massieren? Mein Nacken schmerzt ganz entsetzlich!«

Pierre griff daraufhin beherzt mit beiden Händen in den Nacken seiner Frau und begann ihn intensiv zu kneten und zu drücken. Marie seufzte.

»Gut so?«, fragte er leise.

»Bestens!«, bestätigte sie.

Eine Weile ließ sie ihn so gewähren, dann griff sie nach seiner Hand, zog sie vor ihr Gesicht und übersäte sie mit Küssen.

»Gib mir noch zwei Stunden, ja?«, bettelte sie.

»Nein, mein Herz, keine Minute länger lasse ich dich in diesem erbärmlichen Schuppen mehr herumsitzen! Es ist schrecklich kalt hier drinnen. Funktioniert der Ofen etwa schon wieder nicht?«

»Keine Ahnung«, gab Marie zu. »Ich hab wohl eher vergessen, Holz nachzulegen.«

Pierre mimte einen Ohnmachtsanfall, schritt beherzt auf den Ofen zu und machte die Klappe auf.

»Tot«, befand er.

»Oh weh«, sagte Marie. »Kannst du ihn noch einmal anwerfen, bitte?«

»Nein!«, sagte Pierre und zog grinsend einen silbernen Flachmann aus seiner Manteltasche – ein Geschenk Maries an ihn. »Ich werde dich stattdessen mit Schnaps abfüllen und dann heimschaffen, notfalls trage ich dich auch auf Händen, mein Herz, aber die Wissenschaft wird heute auf dich verzichten müssen. Außerdem hab ich ein halbes Vermögen für diesen Baum ausgegeben. Bringen wir ihn heim und behängen ihn mit allerlei Krimskrams!«

Er hielt Marie den Flachmann vor die Nase. Diese gab sich schließlich geschlagen, schraubte den Verschluss auf und nahm einen kleinen Schluck.

»Uh!«, stöhnte sie auf. »Das ist ja widerlich. Was zur Hölle trinkst du da?«

»Whiskey«, sagte Pierre. »War ein Weihnachtsgeschenk von Becquerel.«

»Da hat der liebe Henri aber gespart«, stellte Marie fest, »und irgendeinen billigen Fusel gekauft.«

»Au contraire, meine liebe Manya! Ich habe die Flasche daheim stehen. Die war sauteuer!«

»Sauteuer oder nicht, ich glaube, ein Tee würde mir weit besser bekommen.«

Pierre nahm den Flachmann, den Marie ihm entgegenhielt, wieder an sich und verstaute ihn in seiner Manteltasche.

»Dann komm«, bat er sie sanft und küsste sie schließlich aufs Haar.

»Gut, überredet«, stimmte Marie zu und legte ihre Aufzeichnungen sauber gefaltet in die Schreibtischschublade.

»Oh, hast du immer noch die Proben da drin?«, fragte Pierre, als er die leuchtenden Glasröhrchen in der Schublade entdeckte.

»Ja«, sagte sie. »Ich konnte mich noch nicht davon trennen. Ihr Leuchten hat so etwas Anheimelndes.«

Pierre griff beherzt zu, nahm die Röhrchen mit den radioaktiven Substanzen heraus und ließ sie zu dem Flachmann in die Manteltasche gleiten.

»Was hast du vor?«, fragte Marie.

»Das wirst du schon noch sehen!«, sagte er lächelnd.

Dann zog er sie von ihrem Stuhl hoch, half seiner Frau in den Mantel, griff noch schnell nach dem kleinen Weihnachtsbäumchen und sie verließen zusammen den zugigen Schuppen, der für längere Zeit ihrer beider Labor beherbergt hatte und den Marie immer noch nutzte, wenn sie allein und in Ruhe arbeiten wollte, ohne von Kollegen oder Studenten belästigt zu werden.

»Jetzt bringen wir die Königin mal schnell heim zu ihrem Hofstaat!«, flüsterte er ihr ins Ohr und sie legte ihren Arm um ihn. Eng umschlungen marschierten sie bis zum nächsten Droschkenstand und fuhren dann, mitsamt Tannenbaum, heimwärts bis zum Boulevard Kellermann.

Als sie die Wohnungstür aufschlossen, hörten sie schon ihre beiden Töchter vor Aufregung und Freude quietschen. Es dauerte genau zwei Sekunden, da rannte Irène schon auf sie zu und warf sich in die Arme ihrer Mutter.

»Maman!«

Etwas hinter Irène kam nun auch Ève angewatschelt, die gerade erst laufen gelernt hatte. Ihr Vater hob sie hoch, gab ihr einen Kuss und rief dann aus: »Kind, du stinkst! Hast du etwa eine volle Weihnachtswindel für uns als Geschenk?«

Das Kindermädchen, das den Tag über auf die Kleinen aufpasste, kam nun auch in den Flur, um die Mädchen wieder einzufangen.

»Ich wollte sie gerade wickeln«, informierte sie die Eltern.

»Nicht nötig«, sagte Marie, »wir machen das schon. Sie können sich fertig machen, Françoise, und dann nach Hause gehen. Sie wollen ja bestimmt auch heim zu Ihrer Familie.«

»Sehr wohl, Madame.«

»Papa«, fragte Irène, »stellen wir jetzt das Bäumchen auf?«

»Ja«, sagte Pierre, »das machen wir. Und ich hab auch etwas ganz Besonderes zum Schmücken mitgebracht.«

Später am Abend, als die Mädchen schon unter einer warmen Decke auf dem Sofa eingeschlafen waren, saßen Marie und Pierre noch beisammen, tranken jeder ein Glas Rotwein und schauten auf den Weihnachtsbaum, an den sie zusammen mit Irène und Ève silberne Engelfiguren, Glaskugeln und Strohsterne gehängt hatten. Die Kerzen waren schon heruntergebrannt, aber die kleinen Glasröhren, die Pierre aus dem Labor mitgebracht und die er mithilfe einer Schleife an die Nadelzweige gehängt hatte, gaben noch immer ein schwaches, grünliches Licht ab.

»Da haben Sie etwas sehr Praktisches entdeckt, Madame Curie«, scherzte Pierre. »Weihnachtsbaumbeleuchtung aus radioaktivem Material. So etwas hat nun wirklich nicht jeder!«

»Zur Weihnachtsbaumbeleuchtung hast *du* es umfunktioniert, mein Liebster. Und das Radium haben wir beide entdeckt. Schon vergessen?«

»Wie könnte ich das?«, fragte er, lachte und nahm ihre bandagierte Hand in die seine. »Ich liebe dich, weißt du das?«

»Ja«, sagte Marie, »das weiß ich. Und stell dir vor, ich liebe dich auch!«

»Was für ein wunderbarer Zufall!«, sagte Pierre leise. Dann blickte er zu den Mädchen hinüber. »Sollen wir die zwei ins Bett tragen?«

»Ach, lass sie noch ein wenig dort liegen. Sonst wacht Ève gleich wieder auf.«

»Ist gut«, sagte er leise. »Weißt du was, mein Herz?«

»Was denn?«

»Das machen wir nächstes Jahr wieder, das mit den Glasröhrchen. Das sieht einfach ganz zauberhaft aus.«

»Einverstanden«, sagte Marie. »Und weißt du was?«

»Nein?«

»Das war ein wunderbares Jahr, dieses 1905. Ich werde ganz nostalgisch, wenn ich daran denke, was alles passiert ist. Wir haben den Nobelpreis entgegengenommen und sind nach Stockholm gereist … Das war wirklich schön.«

Marie lehnte ihren Kopf an Pierres Schulter und schloss die Augen.

»Ja, das war es«, stimmte er ihr zu. »Was wohl 1906 alles Wundervolles passieren wird?«

Aber auf diese Frage erhielt Pierre keine Antwort mehr, sondern vernahm nur das leise Schnarchen seiner Frau.

Ein Geschenk für den König

»Kann das nicht bis morgen warten?«, wollte Guinevere wissen.

»Unmöglich, liebstes Weib, der Tag ist gekommen, an dem ich handeln muss!«, antwortete Artus.

»Ja, das glaube ich dir ja, Liebster, aber würde es nicht reichen, morgen über das Thema zu beraten? Ich bin sicher, die Ritter würden das sehr zu schätzen wissen, wenn du sie an diesem Tage bei ihren Familien …«

»Halt ein, Weib! Zu wichtig sind die Angelegenheiten, die zu besprechen sind. Zu groß die Gefahr, zu hoch der Preis, den mein Schweigen kosten könnte!«

»Welcher Preis?«

»Britanniens Freiheit! Britanniens Zukunft! Britanniens Sicherheit!«

Guinevere gab sich geschlagen. »Gut, aber sei bitte bis sechs Uhr zu Hause. Ich hab der Köchin gesagt, sie soll eine Gans braten, und du weißt, wie fies sie wird, wenn ihr der Vogel verschmort, nur weil wir nicht alle rechtzeitig am Esstisch sitzen. Versprochen?«

»Was ist eine verschmorte Gans gegen die Freiheit Britanniens?«

»Sechs Uhr!«

Die Ritter trafen nach und nach ein und so füllten sich die Stühle, die man um die runde Tafel herum platziert hatte. Gawein war der erste, dann folgten Parzival, Tristan, Galahad und Iwein. Es dauerte einige Zeit, aber dann trafen endlich auch Keie, Mordred, Bors und zu guter Letzt Lanzelot ein. Die Türen wurden geschlossen und Artus erhob sich feierlich.

»Freunde, so hört mich an!«

Weiter kam er nicht, denn schon wurde er von Mordred unterbrochen. »Ach, weil er uns an unserem wohlverdienten freien Tag hierher beordert, sind wir plötzlich alle seine Freunde! Sonst begrüßt er uns stets nur mit ›Ritter‹ oder, noch schlimmer, als seine ›Mannen‹.«

Gawein stimmte dem offensichtlich zu. »Hört, hört!«, rief er. »Was hat unser großer König uns zu sagen an diesem besonderen Tag, dass er uns vom warmen Feuer unserer Häuser weglockt und den Armen unserer Frauen entreißt?«

Artus wirkte wenig beeindruckt. »Zunächst einmal danke ich euch für euer Kommen und zweitens, Gawein, hast du überhaupt keine Frau.«

»Aber so etwas Ähnliches«, sagte Gawein leise.

»Ja, das wissen wir und wir alle schweigen darüber«, sagte Artus unbeirrt und tippte nur dezent auf den grünen Gürtel, der sein Gewand schmückte und sich durch nichts von den grünen Gürteln der anderen Ritter unterschied, als Erinnerung an die fehlbaren Tugenden eines Ritters, wenn es um die Befriedigung seiner leiblichen Bedürfnisse ging, insbesondere der Bedürfnisse, derentwegen man sich seiner Kleider für gewöhnlich entledigte.

»Also, wohlan, mein Freund und König«, ging Lanzelot dazwischen, »erzählt es uns: Was führt uns heute alle hier zusammen an diesem hohen Festtage?«

»Schleimer«, ließ sich Tristan vernehmen. Ein Blick von Artus jedoch genügte und er schwieg.

»Ich habe euch hier zusammenkommen lassen, hier an unserer edlen Tafelrunde, um mit euch eine überaus ernste Angelegenheit zu besprechen. Wie ihr alle wisst, ist unser geliebtes Königreich von vielerlei Feinden bedroht. Und auch heute muss ich euch zu den Waffen rufen.«

»Ach Gott, wer ist es diesmal?«, rief Galahad aus.

»Die Pikten«, sagte Artus, »fallen im Norden ein.«

»Seit wann?«, wollte Iwein wissen.

»Bitte?«, fragte Artus.

»Seit wann«, wiederholte Iwein seine Frage, »fallen sie ein? Oder, besser gesagt, seit wann wisst Ihr, Hoheit, dass sie einfallen?«

»Die Nachricht erreichte mich heute erst. Ich erhielt sie durch einen unserer Späher an der Grenze. Warum fragt Ihr, Iwein?«

»Nun«, setzte Iwein an, »von der nordischen Grenze bis zu uns ist es kein Katzensprung. Der Späher dürfte einige Tage unterwegs gewesen sein, bis er Camelot erreichte. Stimmt doch, oder?«

»Dem ist wohl so«, stimmte ihm Artus zu. »Was die Sache nur noch dringender macht.«

»Oder auch nicht«, gab Parzival zu bedenken. »Wenn die Pikten nun ohnehin schon über die Grenze und in unser Gebiet vorgedrungen sind – warum die Eile?«

»Wie bitte?«, fragte Artus. »Ich verstehe nicht, was …«

»Nun«, führte Lanzelot den Gedanken aus, »wenn das Kind schon in den Brunnen gefallen ist, ist doch ohnehin schon alles verbockt. Dann braucht man auch nicht mehr rennen, um den Bader zu holen. Dann ist es ohnehin zu spät. Ich schließe mich also Parzival an und frage ebenfalls: Warum die Eile?«

Die anderen Ritter nickten bekräftigend, einige

klopften sogar auf die Tafel, um ihre Zustimmung dadurch noch lautstark zu untermalen. Artus konnte sich des Gedankens nicht erwehren, dass dieses Treffen hier nicht so lief, wie er sich das ursprünglich vorgestellt hatte.

»Ich habe mich wohl nicht klar genug ausgedrückt«, sagte Artus. »Die Pikten überfallen unser Reich. Ich brauche eure Hilfe!«

»Ja, das verstehen wir ja auch«, gab Keie zu, »aber muss es ausgerechnet heute sein?«

»Wo doch Weihnachten ist«, ergänzte Bors.

»Was hat das mit Weihnachten zu tun?«, erregte sich Artus.

»Na, Weihnachten ist doch ein Familienfest und wir wären halt heute alle lieber bei unseren Familien als mit Euch, oh mein König, in die Schlacht zu ziehen«, erklärte Gawein. »Zumal ja keine Eile geboten scheint, da, wie gesagt, das Kind ohnehin schon in den Brunnen … Ihr wisst, was ich meine.«

Die anderen Ritter der Tafelrunde nickten bekräftigend.

»Bei uns gibt es heute Ente«, sagte Tristan. »Ganz altes Familienrezept.«

»Oh, das klingt gut«, sprach Keie begeistert. »Wir haben dafür erst gestern ein Reh erlegt und meine Frau will es mit Nüssen und Äpfeln garen.«

»Auch nicht schlecht«, sagte Tristan.

»Ja, seid ihr von allen guten Geistern verlassen?«, rief Artus aus. »Ihr lasst Britannien, unser aller geliebtes Heimatland, im Stich für eine Ente und einen Hirschbraten?«

»Und Karpfen«, gab Bors kleinlaut zu. »Bei uns gibt es Karpfen. Wie jedes Jahr.«

»Und für Karpfen!«, schrie Artus.

»Ja, aber es macht doch keinen Unterschied, ob wir heute oder morgen losreiten, um gegen die Pikten zu kämpfen«, fuhr Lanzelot fort.

»Und kämpfen wollen wir ja gerne«, pflichtete ihm Parzival bei, »nur eben nicht heute, am Feiertag.«

»Das ist ja wohl das Letzte«, brach es aus Artus hervor. »Ihr lasst euer Land im Stich, ihr lasst euren König im Stich und das, weil Weihnachten ist?«

»Familienfeste sind wichtig«, sagte Keie. »Und Feiertage einzuhalten hilft auch, die Balance zwischen Arbeit und Freizeit nicht zu verlieren. Ich meine, versteht mich nicht falsch, mein König, ich liebe meine Arbeit! Ich schlachte gerne fremde Völker ab, die sich in Gegenden vorwagen, wo sie nichts zu suchen haben. Aber ein Mann braucht auch Pausen. Sonst macht er es nicht lange. Und wann träte dies deutlicher zutage denn zu Weihnachten?«

»Dem kann ich nur zustimmen«, sagte Iwein.

»Lasst uns abstimmen«, schlug Parzival vor. »Wer dafür ist, dass wir morgen in die Schlacht ziehen, der hebe die linke Hand. Und wer meint, wir sollten Heim, Hof, Weib und Kind an diesem wichtigen Festtage verlassen und auf jegliches traditionelle Mahl, den gewohnten Kirchgang, die Geschenke …«

»Oh ja, die Geschenke«, wisperte Bors, »die hätte ich fast vergessen.«

»… die Geschenke verzichten«, fuhr Parzival fort, »der hebe jetzt die rechte Hand.«

Ausnahmslos alle Ritter hoben ihren linken Arm, nur Artus ließ sich erschöpft auf seinen Stuhl plumpsen und verbarg das Gesicht in den Händen. Hier an diesem Tisch, dieser ritterlichen Tafelrunde, galt sein Wort nun einmal nicht mehr als das der anderen Ritter. So sagte es der Ehrenkodex der Tafelrunde. Er war hier nur einer unter gleichen und konnte sie nicht überstimmen. So war das Gesetz. Aber es gab Augenblicke, da dachte er durchaus darüber nach, Kleinholz aus diesem runden Tisch zu machen. Und dies hier war so ein Augenblick.

»Fein. Dann wäre das ja geklärt«, stellte Lanzelot fest. »Dann sehen wir uns alle morgen bei Tagesanbruch vor den Toren Camelots. Frohe Weihnachten euch allen!«

Als Artus wenig später wieder in seinen Gemächern stand und missmutig auf den See hinausschaute, kam Guinevere in den Raum.

»Ach, du bist schon zurück?«

»Ja, leider«, sagte Artus tonlos.

»Das ging ja schnell. Und? Was habt ihr so besprochen?«

»Ach, nichts Wichtiges«, sagte Artus.

»Das klang vorhin aber noch ganz anders. Da hast du noch etwas von Britanniens Freiheit, Zukunft und Sicherheit erzählt.«

»Ja, ich weiß«, gab sich Artus geschlagen. »Mein Fehler anzunehmen, dass die anderen dies genauso sehen würden wie ich.«

Guinevere, die spürte, dass ihren Mann etwas sehr bedrückte, ging zu ihm und legte ihre Hand sanft auf seine Schulter. »Kann ich dir vielleicht einen Weihnachtswunsch erfüllen? Etwas, das dich glücklich machen würde?«

»Ja«, sagte Artus, drehte sich zu seiner Frau um und sah ihr in die Augen. »Da gibt es in der Tat etwas. Ich hätte gerne einen großen, langen Tisch, so einen, an dem ich am Haupt sitze und alle anderen der Reihe nach aufgefädelt an der Tafel entlang

Platz nehmen müssen, sodass jeder sieht, wer hier der König ist.«

Guinevere nickte. »Wird erledigt«, sagte sie und küsste ihren Mann auf den Mund. »Und nun komm essen. Die Gans ist fertig.«

Auf zarten Füßen

Sie verspürte nicht die geringste Neigung, nach der Probe wieder in ihr billiges Pensionszimmer zurückzukehren, das sie sich auf der zweihunderteinundsechzigsten Straße gemietet hatte. Seit Tagen schuftete sie auf der Bühne für die neue Tanzshow, in der sie diesmal sich selbst spielen würde, eine spanische Tänzerin in der bayerischen Provinz: »Lola Montez in Bavaria« sollte die Show heißen und sie hatte sich dafür eigens eine neue Choreografie ihres berühmten Fandangos einfallen lassen. Außerdem würde sie ein Kleid tragen, das alles andere als schicklich war, was dem Publikum zweifelsohne gefallen würde. Je tiefer das Dekolleté, desto besser, so viel wusste Lola immerhin vom Bühnenleben, wenn sie auch sonst keine besonders versierte Geschäftsfrau war. Aber ein kleiner Skandal zur rechten Zeit würde seine Wirkung schon nicht verfehlen. Immerhin hatte sie ihr ganzes öffentliches Leben darauf aufgebaut und das Stück existierte nur deshalb, weil sie den vorherigen bayerischen König so um den Verstand gevögelt hatte, dass er wegen ihr abdanken musste. Also würde sie dem Publikum auch etwas von dieser Lola bieten müssen: Seht her, dies ist der Busen, den schon König Ludwig von Bayern bestaunen durfte! Ganz abgesehen davon, was er alles mit ihren Füßen angestellt hatte …

Sie war hungrig und durstig und außerdem war heute Heiligabend. Lola beschloss, dass dies der richtige Zeitpunkt war, um auszugehen und ein bisschen Spaß zu haben. Mit wem auch immer, denn ihr eigenes Geld musste sie zusammenhalten. Aber zu ihrem Glück würde sich schon ein einsamer Gentleman finden lassen, der bereit war, ihre Rechnung zu begleichen. Lola schwang sich ihr Pelzcape um die Schultern und verließ das Theater durch den Bühneneingang.

»Gute Nacht, Frau Montez!«, hörte sie den Portier sagen. Sie grüßte ihn nicht zurück. Das hatte sie sich abgewöhnt. Sie grüßte nur noch Männer, die es wert waren.

Das Lokal, das sie ansteuerte, war etwas weiter vom Theater entfernt und eindeutig zwei Preisklassen über ihrem Niveau. Es war genau der Ort, an dem man reiche Herren kurz vor Weihnachten antraf, die einem ein Glas Champagner und ein wenig Kaviar ausgaben, weil sie so kurz vor den Feiertagen nicht alleine sein wollten und dafür nicht mehr verlangten als ein paar tiefe Blicke und ein wenig Amüsement. Dazu musste man sich ja nicht gleich ausziehen. Es reichte schon, wenn man geistreich davon erzählen konnte, wie man sich einst vor dem König von Bayern entkleidet hatte.

In der Tat saß Lola nicht lang alleine an ihrem Tisch. Ganze zehn Minuten nachdem sie das »Chez Ami« betreten hatte, machte ihr bereits ein älterer Herr im Frack seine Aufwartung, küsste ihre Hand und bat, sich setzen zu dürfen.

»Nehmen Sie doch Platz«, sagte Lola so liebenswürdig, wie sie konnte, und Lola war sehr liebenswürdig, wenn es ihrem Interesse diente.

»Darf ich uns zwei Gläser Champagner bestellen?«, fragte der Herr.

»Sehr gerne«, antwortete Lola.

»Und wie wäre es mit Austern?«, wollte der Herr wissen.

Lola mochte keine Austern, sie waren ihr schlichtweg zu glitschig. Aber wenn es Austern sein sollten, nun gut, dann würde sie sich nicht wehren. Immerhin waren die Dinger teuer. Also nickte sie zustimmend.

»Verehrte Señora Montez«, begann der Herr, »es ist mir eine Ehre, Sie bewirten zu dürfen!«

»Gut, gut«, sagte Lola. »Und mit wem habe ich das Vergnügen?«

Der Herr ergriff ihre Hand, hauchte einen Kuss darüber hinweg und stellte sich vor: »Ein Bewunderer!«

»Hat dieser Bewunderer auch einen Namen?«, wollte Lola wissen.

»Nennen Sie mich doch einfach Jack«, bat er sie. »Jack Vanderbilt.«

»Ist das denn Ihr Name?«, fragte Lola.

»Sagen wir einfach, er könnte es sein. So wie Lola Montez Ihr Name sein könnte.«

Der Kellner brachte den Champagner und Lola trank ihr Glas in einem Zug leer.

»Noch eines für die Dame, bitte«, orderte Mr Vanderbilt. Dann lehnte er sich vor, sodass er und Lola sich besonders nahekamen, und fragte: »Darf ich Sie um einen Gefallen bitten?«

»Das kommt ganz darauf an«, sagte Lola.

»Erzählen Sie mir etwas von sich, das keiner weiß. Niemand, nicht einmal Ihre Mutter.«

Da lachte Lola einmal kurz auf. »Meine Mutter habe ich nicht mehr gehört oder gesehen, seit ich mit sechzehn von daheim fortgelaufen bin.«

»Sie brannten durch?«

»Was hatte ich schon für eine Wahl? Wer will

denn einen alten Mann heiraten, wenn das Fleisch jung und fest ist?«

Mr Vanderbilt leckte sich nervös die Lippen, was Lola nicht entging.

»Und machten dann eine bedeutende Bekanntschaft«, fuhr der Herr fort.

»Eine sehr bedeutende Bekanntschaft«, stimmte ihm Lola zu.

Mr Vanderbilt rutschte auf seinem Sitz weit nach vorne. Lola konnte seinen Atem riechen. Tabak und Alkohol, aber von der besseren Sorte.

»Ein kleines Geheimnis«, bat sie der Herr, »mehr will ich gar nicht.«

Lola, einerseits geschmeichelt ob der Aufmerksamkeit, die ihr zuteil wurde, andererseits fasziniert von der Direktheit des Mannes, nickte, winkte ihn mit ihrem Zeigefinger noch näher an sich heran und flüsterte ihm dann ins Ohr: »Meine Geheimnisse sind mein einziger Profit. Und ich verrate sie niemandem!«

Da lachte der Herr auf, sodass sein grauer Schnurrbart zu zittern begann, klopfte sich auf die Oberschenkel und griff dann in seine Jacketttasche, um seine Geldbörse hervorzuholen. Er entnahm ihr einige Wechselscheine und legte sie vor Lola auf den Tisch.

»Ein einziges Geheimnis!«, bat er erneut.

Lola betrachtete den Stapel Scheine vor sich und ein warmes, angenehmes Kribbeln durchflutete plötzlich ihren Körper. Mit schlanken Fingern griff sie nach den Wechseln, rollte sie zusammen und steckte sie sich schließlich ins Dekolleté.

»Gut, ich will mal nicht so sein«, sagte sie. Dann öffnete sie ihr Cape, ließ es an sich hinuntergleiten, sodass sie nun in einem äußerst freizügigen Kleid zu sehen war, lehnte sich in ihrem Sessel zurück und fragte: »Was glauben Sie, Mr Vanderbilt, war dem König von Bayern an mir das Liebste? So lieb, dass er es sogar aus Marmor hat nachbilden lassen?«

Mr Vanderbilt betrachtete Lola eingängig vom Kopf bis zu den Zehenspitzen und äußerte dann seine Vermutung: »Wenn ich Sie so ansehe, dann würde ich sagen, es war die Stelle, an der Sie mein Geld soeben haben verschwinden lassen.«

Da lächelte Lola und ein Gefühl des Triumphs kroch in ihr hoch. »Falsch geraten, mein werter Herr«, sagte sie. »Gehen Sie doch etwas tiefer.«

Mr Vanderbilt zog die Augenbrauen hoch und fragte auf Französisch: »La chatte? Das wäre allerdings keine große Überraschung.«

»Tiefer«, befahl Lola. »Schauen Sie tiefer.«

»Nun«, sagte der Herr, »da Sie eine Tänzerin sind,

werden es wohl Ihre wundervoll geformten Beine gewesen sein.«

Da verzog Lola ihren Mund zu einem spöttischen Lächeln. »Sie denken noch immer nicht tief genug.«

Mit einer oft geübten, äußerst geschickten Bewegung schlüpfte Lola aus ihrem Schuh, hob ihr Bein an, griff dann mit den Zehen nach dem frischen Champagnerglas, das der Kellner soeben gebracht hatte, führte es an ihren Mund und nahm einen kleinen Schluck daraus.

»Bravo!«, sagte Mr Vanderbilt, der vor Begeisterung aufgesprungen war und ihr nun applaudierte. Dann setzte er sich wieder hin, beugte sich nochmals ganz weit vor und flüsterte: »Mit den Füßen, Madame?«

Lola lächelte vielsagend, griff sich ihr Glas, trank es erneut leer und stellte es dann schwungvoll auf dem Tisch ab.

»Wenn Sie mich jetzt entschuldigen würden, Mr Vanderbilt, ich habe heute Abend schon genug geplaudert.«

Dann erhob sie sich, schlüpfte schnell wieder in ihren Schuh und rauschte aus dem Lokal hinaus. Während sie ging, konnte sie das Bündel Wechselscheine zwischen ihren Brüsten spüren. Dieser

Abend, so dachte Lola, war weit erfolgreicher verlaufen, als sie zu hoffen gewagt hatte.

Sie nahm sich eine Kutsche und ließ sich nach Hause fahren. Dort wies sie die Pensionswirtin an, ihr einen Teller Borschtsch zu bringen. Glücklich und zufrieden ging Lola ins Bett.

Am nächsten Morgen klopfte es gegen sieben Uhr Früh an ihre Tür und die Wirtin stand plötzlich in ihrem Zimmer, knallte das Frühstückstablett mit Ei und Kaffee auf das Nachttischchen und schmiss eine Zeitung in Lolas Richtung.

»Was zur Hölle …!«, rief diese aus und zog sich das Papier vom Gesicht.

Die Wirtin aber sagte nichts, zog nur die Zimmertür mit einem lauten Rums hinter sich zu und Lola schaute auf die Schlagzeilen des heutigen Tages. Da stand: »Der perverse König und die Tänzerin: Ein Königreich für einen Fuß. Ludwig von Bayern ein Podophilist?«

Lola ließ sich wieder zurück in ihre Kissen sinken. Ein Journalist! Das hätte sie sich ja gleich denken können, dass dieser feine Herr ihr nicht ohne Sinn und Verstand Hunderte Dollar zusteckte.

Sie langte zum Nachtkästchen hinüber, zog die Schublade auf und betrachtete das Geld, das sie dort gestern Nacht hineingelegt hatte. Dann griff sie sich das satte Bündel Wechselscheine, fächerte es auf und warf es mit Schwung hinauf zur Zimmerdecke, sodass sie in ihrem Bett von den herunterfallenden Scheinen zugedeckt wurde, gleich als schneite es im Inneren der Pension Geldscheine.

Lola war äußerst zufrieden mit sich. Wenn schon eine Geschichte über ihren Fuß so viel wert war, was würde dann wohl eine Anekdote über ihren Busen einbringen? Die Zukunft, davon war Lola Montez an diesem Morgen überzeugt, war groß und verheißungsvoll, und kein Geheimnis, so schwor sie sich, sollte unausgeschlachtet mit in ihr Grab wandern.

»Frohe Weihnachten, Lola!«, flüsterte sie leise.

Diesseits des Nordpols

Er schaute auf sein Bier. Es war das erste seit Langem. Normalerweise trank er nicht. Man konnte ja nie wissen, wann und ob man zu einem Einsatz beordert wurde. Aber heute war so ein Tag, da brauchte er das. Die Kleine hatte Zahnweh und Walentina und er waren die halbe Nacht mit ihr auf dem Arm herumgegangen, während das Kind mit seinem Geheul alle wach gehalten hatte. Außerdem stand ihm seine letzte Prüfung bevor und sein Vorgesetzter hatte ihm heute zu verstehen gegeben, dass man von einem Helden der Sowjetunion nur und ausschließlich Bestnoten erwartete. Jetzt brummte sein Schädel und er fühlte sich hundemüde. Doch bevor er sich wieder auf den Heimweg machen würde, wollte er noch ein bisschen in Ruhe hier sitzen und sein Bier trinken.

Die Offizierskantine der Akademie Schukowski war fast leer an diesem Abend. Ein paar Kollegen saßen an den Tischen verteilt und unterhielten sich leise. Keiner störte ihn, keiner belästigte ihn und Juri war das nur recht so. Er nahm einen großen

Schluck von seinem Bier, das ihm die Kantinenchefin extra aus dem Vorratsraum geholt hatte, weil sie normalerweise keinen Alkohol ausschenkten, aber für ihn gerne eine Ausnahme machten. Er war ja nicht irgendjemand. Nur war das Bier viel zu warm und es schmeckte irgendwie schal und abgestanden. Wer weiß, wie lange es dort schon im Vorratsraum gelagert worden war.

»Vielleicht hätten Sie eher ein Glas Milch ordern sollen, Genosse Gagarin«, sagte eine sanfte Männerstimme. Juri blickte auf, nicht sonderlich überrascht, dass man ihn erkannt hatte. Sämtliche seiner Kollegen wussten natürlich, wer er war. Aber diesen Mann hatte er hier noch nie gesehen.

»Mit Milch kennen Sie sich vielleicht besser aus als mit Bier, wegen der Milchstraße«, erklärte der Herr, der jetzt ihm gegenüber am anderen Tischende Aufstellung nahm.

»Danke«, sagte Juri und zwang sich ein Lächeln ab. »Ich bin zufrieden mit meinem Bier.«

»Glaub ich nicht«, sagte der Mann grinsend. »Das Bier hier ist scheußlich. Keine Ahnung, woher die das beziehen. Darf ich?«

Der Mann deutete auf einen der Stühle an Juris Tisch und dieser nickte jetzt beiläufig, was der andere als Zustimmung auffasste, sich setzen zu dürfen.

»Sie sind ja eine Berühmtheit«, stellte der Kerl fest. »Ich meine, man begegnet nicht allzu oft einem Helden der Sowjetunion.«

»Ich hab nur meine Pflicht erfüllt«, sagte Juri bescheiden, »und die war nun einmal …«

»… im Weltraum«, beendete sein Gegenüber den Satz.

»Ganz genau«, stimmte ihm Juri zu.

»Ich erinnere mich noch an meinen ersten Flug hinaus. Das war unglaublich. Werde ich nie vergessen.«

»Sie waren im Weltraum?«, fragte Juri und begann zu lachen. Natürlich war dieser Mann nicht im Weltraum gewesen. Er war auch ganz sicher keiner der Kosmonauten, die hier einen Teil ihres Trainings absolvierten, sonst hätte er ihn sicher erkannt. Kosmonauten kannten sich doch alle untereinander. Wie absurd, überhaupt danach zu fragen. Der Kerl war außerdem viel zu korpulent, selbst für einen Piloten.

»Oh, sogar ziemlich lange«, antwortete der andere.

»Und wie lange ist lange, wenn ich fragen darf?«, wollte Juri wissen.

»Es kommt mir vor, als wären es hundert Jahre gewesen«, antwortete der Mann. »Eine endlos lange Reise.«

»Dann, mein Freund, kommen Sie von weit her?«

»In der Tat«, stimmt ihm der Herr zu.

»Und sehen erstaunlich jung aus, dafür dass Sie schon hundert Jahre unterwegs waren.«

»Oh, ich würde mich nicht eben als jung bezeichnen.«

»So?«

»Ja.« Der Mann deutete auf Juris Bier. »Was haben Sie gemacht, um das hier zu kriegen? Ich hätte auch gerne so eines.«

»Haben Sie mir nicht gerade erzählt, dass das Bier hier so mies ist?«, fragte Juri.

»Richtig«, sagte der Mann. »Aber die Küche ist schon geschlossen und ich habe Hunger.«

Juri nickte. »Verstehe.«

Der Mann bestellte per Handzeichen ein Bier und als die Kellnerin es ihm brachte, orderte Juri für sich gleich noch ein zweites. Es war so grauslich wie das erste.

»Sagen Sie«, fragte Juri interessiert, »wo liegt denn Ihre Heimat?«

»Ach«, antwortete der Dicke, »die kennen Sie nicht.«

»Na, vielleicht doch? Bin ja schon weit herumgekommen.« Er war sogar ein bisschen gespannt auf die Reaktion des Mannes, der so anders wirkte als alle anderen in dieser Kantine. Und der sich trotzdem so gut einzupassen schien in dieses eher trostlose Ambiente aus Resopaltischen und Plastikpflanzen.

»Gut, ich beschreib sie Ihnen«, sagte der Mann. »Da, wo ich herkomme, ist es kalt, um nicht zu sagen arschkalt. Es gibt nur wenige Bewohner und die meisten Tiere, die meine Heimat aufweisen kann, sind Rentiere.«

»Dann«, sagte Juri, »sind Sie Finne.«

»Ich bin kein Finne. Aber, zugegeben, meine Heimat hat durchaus Ähnlichkeit mit Finnland. Viel Schnee, viel …«

»Alkohol?«, fragte Gagarin.

»Na, Sie haben aber Vorurteile! Nein, kein Alkohol. Na gut, außer in Schnapspralinen vielleicht. Da stehen die Leute ja drauf. Und dann gibt es noch den Eierpunsch … Also, vielleicht liegen Sie gar nicht so verkehrt mit dem, was Sie sagen.«

»Sie entstammen also einem Land, in dem es kalt ist, es Rentiere gibt und viel gesoffen wird«, stellte Juri fest, »und das nicht Finnland ist. Und, nicht zu vergessen, in dem man sehr alt wird, schließlich waren Sie ja schon mehr als hundert Jahre unterwegs.«

»Richtig«, bestätigte der Mann.

Juri nahm einen kräftigen Schluck aus seinem Bierglas. »Außerdem können Sie fliegen und waren schon im Weltraum.«

»Das stimmt. Wobei ich zugeben muss, dass ich da vielleicht etwas übertrieben habe. Sehr viel höher als bis zur Stratosphäre bin ich eigentlich nie gekommen.«

»Dann sind Sie entweder ein Spion, ein Klassenfeind oder ein Außerirdischer!«, stellte Juri heiter fest.

»Wie man's nimmt«, antwortete sein Gegenüber. »Von dieser Welt bin ich jedenfalls nicht.«

»Oh«, sagte Juri, »nun verstehe ich. Sie kommen aus dem Jenseits. Sehr clever.«

Da begann der Mann zu lachen und seine Wangen, vom Bier schon leicht gerötet, leuchteten regelrecht. Sie passten damit gut zu seiner auffälligen roten Hose.

»Nein, ich kann Ihnen versichern, ich bin quicklebendig.«

»Dann geb ich mich geschlagen«, entgegnete Juri. »Woher also kommen Sie genau?«

»Nördliche Hemisphäre«, antwortete der Mann. »Ziemlich nördlich. Aber nicht, wie so viele denken, vom Nordpol. Das wäre zu einfach. Mein Zuhause liegt etwas höher, etwas dichter bei den Sternen.«

Er hatte genug gehört. Diese Geschichte war ihm einfach zu albern. Juri verstand durchaus einmal einen gut gemeinten Spaß und er versuchte stets freundlich auf die vielen dummen Außerirdischenwitze zu reagieren, mit denen man ihn aus der Reserve locken wollte, aber das hier war einfach zu dumm.

»Ja, sicher«, sagte er daher nur und schaute auf die Uhr. Er sollte gehen.

»Sie glauben mir nicht«, stellte der Herr von gegenüber fest.

»Nein«, sagte Juri.

»Nun, dann werde ich es Ihnen beweisen.«

Der Mann schnipste mit den Fingern und plötzlich fror um ihn herum alles ein. Die Gespräche verstummten und keiner der Menschen im Raum bewegte sich mehr, keiner außer ihnen beiden.

»Was ist das?«, fragte Juri und sprang von seinem Sitz auf.

»Ich hab die Zeit angehalten«, informierte ihn der Mann seelenruhig und trank sein Bier aus. »Das mache ich nicht allzu oft, aber ich kann es, wenn ich will. Ist mitunter ganz praktisch, wenn man schnell einen Raum betreten und nicht dabei gesehen werden will. Ich schnipse und husch, bin ich da und wieder weg.«

»Unglaublich«, flüsterte Juri.

»Gell? Sag ich doch«, stimmte ihm der Mann zu. »So, nun muss ich aber. Morgen ist ein wichtiger Tag, meine Schicht fängt bald an und ich hab noch viel zu tun. War nett, mit Ihnen zu plaudern, Genosse.«

Der Mann stand auf, nahm seinen roten Mantel, klopfte noch einmal zum Abschied auf den Tisch, zwinkerte Juri zu und verschwand schließlich durch die Tür. Als er den Raum verlassen hatte, lief die Zeit plötzlich wieder weiter, ganz so, als wäre nichts geschehen.

Juri starrte auf den leeren Sitz ihm gegenüber, das ausgetrunkene Bierglas, und versuchte zu begreifen, was da gerade geschehen war.

»Noch eines, Genosse?«, fragte die Kellnerin.

»Nein, danke«, antwortete er. »Ich glaube, ich hatte schon genug.«

Er stand auf, verließ die Kantine, ging zu dem Parkplatz, auf dem sein Auto stand, und setzte sich hinein. Die Scheiben waren zugefroren, also steckte er den Zündschlüssel ins Schloss, ließ den Motor an, schaltete die Heizung hoch und wartete, damit es im Wagen wärmer wurde, sodass er die Scheiben freikratzen konnte an diesem späten Dezembertag. Dann lenkte er den Wagen in Richtung Ausgang der Kaserne, wo er das Fenster hinunterkurbelte, um dem wachhabenden Soldaten seinen Ausweis zu zeigen.

»Danke und gute Nacht, Genosse!«, sagte der junge Mann.

»Gute Nacht«, antwortete Gagarin. Aber da fiel ihm etwas ein. »Sagen Sie«, fragte Juri den jungen Soldaten, »ist hier gerade ein Wagen durchgekommen?«

»Welcher Wagen, Genosse Gagarin?«, wollte der Mann wissen.

»Ich weiß nicht recht«, antwortete Juri. »Vielleicht ein etwas auffälligeres Model?«

»Nein, Genosse, hier ist niemand mehr vorbeigekommen, seit mindestens einer halben Stunde.«

Juri nickte kurz. »Danke.«

Bevor er die Scheibe seines Wagens wieder nach oben kurbelte, fegte plötzlich ein kalter Windhauch einige Schneeflocken durch die Luft und Juri konnte von weit her ein seltsames Geräusch vernehmen. Es klang wie das Läuten kleiner Glöckchen.

Mieterversammlung

Das Baby nervte. Ständig quengelte es, hatte Hunger, die Windeln voll oder es wurde nervös, weil sich zu viele Besucher im Stall aufhielten, und schrie dann allen Anwesenden die Ohren voll. Und die Eltern waren im Grunde auch nicht besser, stritten sie sich doch unablässig über den hinreichenden Nutzen von Myrrhe oder darüber, wer heute mit Windelwaschen dran war. Außerdem machte ihnen der große Altersunterschied zu schaffen. Da konnte man nur sagen: Augen auf bei der Partnerwahl! Nein, wirklich, ideale Mitbewohner sahen anders aus.

Es war also an der Zeit, eine Versammlung abzuhalten. Natürlich war es die Eselin, die die anderen zusammenrief und ihnen erklärte, worum es ging. Und natürlich geschah dies alles in der Nacht, denn man konnte wohl schlecht am Tage darüber miteinander reden, wenn so viele Augen und Ohren dabei waren, für die diese Unterhaltung nicht bestimmt war.

Der Ochse schnaufte leise und suchte sich eine

bequeme Haltung, in der er stehen und noch größer wirken konnte, als er ohnehin schon war. Er hoffte, dass dann seine Stimme auch mehr Gewicht haben würde. Die erst kürzlich in den Stall eingezogenen Schafe drängten sich in ihrer Box. Sie waren, da sie so eng beieinander standen, die Einzigen im Stall, denen schon jetzt der Schweiß hinabrann, ohne dass auch nur ein einziges hitziges Wort gefallen war. Die Mäuse unter den Dielen hatten sich ein Picknick mitgebracht, wie immer zu einem solchen Anlass, denn sie kannten es nicht anders, als dass jede Zusammenkunft mit einem Festessen verbunden werden musste. Und schließlich waren da noch die Tauben oben auf dem Dachbalken, die allerdings kein Stimmrecht besaßen, weil sie nur vorübergehend hier wohnten, was sie allerdings nicht davon abhielt, ihre Meinung laut kundzutun. Schließlich eröffnete die Eselin die Sitzung.

»Liebe Mitbewohner«, begrüßte sie die Anwesenden mit einem leisen Wiehern, »ich freue mich, dass ihr es alle geschafft habt, zu unserer außerordentlichen Mieterversammlung zu kommen.«

»Hört, hört«, ließen sich da die Tauben vernehmen, »als ob hier jemand außer uns eine Wahl gehabt hätte, nicht zu erscheinen.«

»Wir, wir!«, piepsten die Mäuse.

»Ruhe, bitte!«, sagte die Eselin. »Gehen wir also die Anwesenheitsliste der Stimmberechtigten durch: Schafe?«

»Hier«, blökten die Schafe.

»Mäuse?«

»Hier, hier!«

»Ochse?«

»Noch immer nicht beim Schlachter, Baby!«

Er liebte diese Art Witze.

»Eselin auch hier, also sind wir vollzählig versammelt«, stellte die Eselin fest.

»Was ist mit den Menschen?«, wollten die Schafe wissen.

Die Eselin warf einen vorsichtigen Blick hinüber in die Box, in der es sich das Paar mit dem Baby bequem gemacht hatte. Die Mutter lag im Stroh, das Kind an sich geschmiegt; beide waren offenbar während des Stillens eingeschlafen. Der Mann hatte sich auf dem Stroh ausgestreckt und schnarchte leise. Alles war friedlich und still.

»Dann können wir ja beginnen«, schlug die Eselin vor. »Wer mag anfangen?«

»Ich«, sagte der Ochse und reckte seinen massigen Körper in die Höhe. »Also, seit diese Menschenfamilie bei uns eingezogen ist, gibt es hier kaum noch eine ruhige Minute. Ich hab vom vielen

In-der-Ecke-Herumstehen schon Plattfüße! Man kann sich ja kaum noch hinlegen. Und die Mutter klaut in einem fort die Rüben, die mir der Wirt hin und wieder zusteckt. Ich sage: Wir schmeißen sie raus!«

»Okay«, sagte die Eselin. »Danke für deine Ehrlichkeit, lieber Ochse. Wer mag als Nächstes etwas sagen?«

»Wir, wir!«, piepsten die Mäuse.

»Dann lasst mal hören«, forderte sie die Eselin auf. Die Mäuse ließen sich nicht lange bitten.

»Wir lieben die Menschen!«, piepsten sie los. »Der Alte bröselt sein Brot ständig auf den Boden, sodass wir mehr zu essen haben als je zuvor, und wir mögen die Einschlaflieder, die die Mutter dem Baby vorsingt!«

»Gut, das wäre mal eine Gegenstimme«, stellte die Eselin fest. »Nun zu euch, ihr Schafe.«

»Wir mööögen die Menschen nicht!«, blökten sie. »Der Vater streicht andauernd über unser Fell, weil er den richtigen Zeitpunkt abwartet, uns zu scheren.«

»Aber der Mann ist doch gar kein Schäfer«, korrigierte sie die Eselin. »Soweit ich das verstanden habe, arbeitet er eher in der Holzbranche.«

»Wir mööögen sie nicht!«, mähten die Schafe.

»Aber ihr seid ja nur wegen denen hier«, stellten jetzt die Tauben auf dem Dachbalken fest. »Sonst würdet ihr noch auf eurer dummen Wiese herumstehen und euch den Hintern abfrieren, blöde Wollsäcke!«

»Wir lassen uns doch nicht von so ein paar Flugratten beleidigen!«, bähten die Schafe laut los.

»Pst!«, zischte die Eselin, die Angst hatte, das ganze Gegurre und Geblöke könnte die Familie wecken. »Hört gut zu, dann sag ich euch meine Meinung: Ich finde, dass die Familie …«

Und schon war es passiert. Das Kind gab einen kurzen, krähenden Laut von sich, im Nu war auch die Mutter wach. Müde setzte sie sich auf, nahm ihr Kindchen hoch, legte es sich über die Schulter und spazierte mit ihm im Stall auf und ab, wobei sie es sachte wiegte und ihm leise ein Liedchen vorsummte. Das Köpfchen an die Mutter geschmiegt, schlummerte es schnell wieder ein. Behutsam legte sie das Baby in seine Krippe und deckte es mit der warmen Wolldecke zu, die einer der Hirten dagelassen hatte. Dann blickte sich die junge Frau im Stall um und trat schließlich an die Eselin heran.

»Na, du Liebe?«, sagte sie und streichelte sanft ihr Fell. »Schau mal, hier ist etwas trockenes Brot.«

Die Frau griff in ihre Kleidertasche und zog ein

Stück alter Brotrinde heraus. Der Eselin lief das Wasser im Maul zusammen.

»Da«, sagte die junge Mutter und gab der Eselin die Rinde zu fressen. »Bist ein feines Tier«, flüsterte sie leise und kraulte die Eselin zwischen den Ohren. Dann legte sie sich wieder schlafen, gleich neben ihren schnarchenden Mann.

»Hmpf«, machte die Eselin nachdenklich, während sie den letzten Bissen des Brotes hinunterschluckte.

»Ach, lassen sich Madame jetzt etwa kaufen mit einem billigen Stück trockenen Fladenbrots?«, muhte der Ochse missmutig.

»Nichts da«, ließ sich die Eselin vernehmen. »Ich lass mich von niemandem kaufen. Es ist nur … Sie ist wirklich nett, findet ihr nicht? Abgesehen von dem vielen Babygeschrei und den stinkenden Windeln und dem Platzmangel finde ich sie eigentlich ganz …«, die Eselin rang mit sich, »… ganz in Ordnung.«

»Da haben wir's!«, stöhnte der Ochse. »Gekauft!«

»Wir wollen abstimmen!«, schlugen die Schafe vor und genau das taten sie auch.

Die Eselin und die Mäuse stimmten dafür, dass die Familie bleiben durfte, die Schafe und der Ochse waren dagegen. Es stand also unentschieden.

»Gurr, wenn wir noch etwas dazu sagen dürften«, schalteten sich die Tauben ein, »wir könnten ihnen ja hin und wieder auf den Kopf scheißen. Das hat noch jeden vertrieben!« Doch die Eselin entzog ihnen einfach das Wort.

»Nichts da! So weit kommt's noch. Es steht also zwei gegen zwei. Ich schlage vor, wir vertagen die Entscheidung für eine Weile.«

Murrend stimmten ihr die anderen zu.

»Ich hab den Vater gestern von einem Kurztrip nach Ägypten reden hören«, raunte der Ochse den Schafen zu. »Mit etwas Glück erledigt sich das Problem vielleicht bald von selbst.«

»Das wääääre gut«, blökten die Schafe.

»Damit erkläre ich die Versammlung für beendet«, wieherte die Eselin und seufzte tief. Noch einmal lugte sie über die Boxenwand hinüber zu den Menschen und fragte sich, ob die Frau wohl noch mehr Brot in ihren Taschen versteckt hatte. Aber dann gab sie den Gedanken auf und schloss müde die Augen. Menschen und Tiere schliefen tief und traumlos in dieser Nacht. Na ja, wenigstens die nächsten zwei Stunden lang, bis das Kind sie wieder alle wecken sollte. Aber in diesen zwei Stunden herrschte absolute Ruhe im Stall. Es war fast idyllisch.

Die drei Reiter

Dies war also die Straße nach Saba, so hatte man es ihnen wenigstens erzählt. Er hatte daran allerdings seine Zweifel, denn weder konnte man diese Ebene voll Schotter und Gras als Straße bezeichnen noch war zu sehen, wohin es sie führen würde, sollten sie einfach weiter geradeaus reiten. Sie waren schon lange unterwegs und die Pferde waren müde. Also würden sie wohl oder übel eine Pause einlegen müssen in dieser unwirtlichen Gegend.

»Wir halten Rast«, informierte der Vater seine Reisebegleiter.

Es hatte zu regnen begonnen. Nichts Ungewöhnliches für diese Jahreszeit, aber es erschwerte das Aufbauen der Zelte und verwandelte die Grasflächen schnell in Schlamm. Es war, das musste sich Marco eingestehen, einfach kein guter Ort, um zu rasten, noch dazu an einem Tag wie heute.

Normalerweise hatte er nur selten mit Anflügen von Heimweh zu kämpfen, aber heute war Heiligabend und er vermisste die Wärme einer guten Stube, den Geschmack gesalzenen Herings und den

Geruch der süßen Kuchen, die für ihn zu diesem Tag einfach dazugehörten. Stattdessen drang ihm der Gestank des Pferdemists in die Nase, als sein Reittier an Ort und Stelle seine Äpfel fallen ließ. Seufzend führte Marco sein Pferd unter einen Baum, nahm ihm den Sattel herunter, griff nach einer Handvoll Stroh und rieb das Tier damit ab. Zum Schluss warf er das Stroh auf den Boden, vor das Maul des Pferdes, fügte noch ein wenig von dem Heu hinzu, das sie mitführten und das bei diesem Wetter ohnehin bald anfangen würde zu schimmeln, wenn sie es nicht schnell verfütterten. Das Tier wieherte zufrieden. Sie würden in Saba neues Heu besorgen müssen, ging es Marco durch den Kopf, so wie einiges andere, was ihnen in der Zwischenzeit ausgegangen war.

Er schlug die Satteltaschen auf, konnte aber nur wenig Essbares finden: ein paar Datteln, etwas ungesäuertes Brot und einige Wurzeln, die sie bei ihrem letzten Halt einem Bauern abgekauft hatten. Es war nicht viel, aber sie würden heute immerhin nicht hungern müssen. Ein Festessen war es allerdings auch nicht.

Marco ging nach vorne, um seinem Onkel mit dem Zelt zu helfen. Es dauerte eine Zeit, aber dann hatten sie ein halbwegs trockenes Dach über dem Kopf.

»Sollen wir die Waren nicht auch unterstellen?«, fragte der Onkel.

Der Vater blickte unter dem Zelt hervor und betrachtete die Wolken.

»Nein, ich denke, es wird nicht lange dauern. Wir lassen die Fässer draußen stehen. Sie sollten dem Regen standhalten.«

Marco war es recht so, denn die Aufgabe, die schweren Gefäße mit Paprika, Muskat und Kardamom einzuholen, zählte nicht unbedingt zu seinen Lieblingsbeschäftigungen. Da wandte sich sein Vater an ihn.

»Marco, sammle doch bitte noch etwas Holz fürs Feuer. Die Nacht könnte kalt werden.«

Widerspruch, das wusste Marco, war zwecklos. Also brach er sich noch einen Brocken vom Brot ab, stopfte ihn sich in den Mund und stand dann auf, um das kleine Zelt zu verlassen.

Nicht weit von ihrem Rastplatz entfernt standen einige Sträucher. Dorthin lenkte Marco seine Schritte, um trockenes Reisig zu sammeln. Größere Holzstücke wären einfach zu feucht gewesen, um sie auf das Feuer zu legen, also musste er sich mit dem Kleinzeug begnügen. Immer wieder bückte Marco sich, um seine Arme nach und nach mit Ästen zu beladen, und entfernte sich dabei immer weiter vom Lager, als er plötzlich einer kleinen Karawane gewahr wurde, die sich auf ihn zu bewegte. Es dauerte nur wenige Augenblicke und Marco fand sich Auge in Auge mit drei der schönsten Araberhengste wieder, die er je gesehen hatte, und ihren drei Reitern, die sehr vornehm gekleidet waren.

»Asr bekheyr!«, grüßte ihn einer der drei.

»Euch auch, werte Herren!«, sagte Marco und verbeugte sich.

»Wir haben offenbar die falsche Richtung eingeschlagen«, erklärte sich der Mann auf dem vordersten Tier. »Wir wollten in Richtung Palästina, aber dank des Regens sind die Sterne nicht zu sehen. Könnt Ihr uns wohl sagen, wohin wir uns wenden müssen?«

Verunsichert deutete Marco in eine Richtung.

»Besten Dank!«, sagte der vornehme Herr.

Es war bereits dämmrig und Marco dachte an seinen Vater und seinen Onkel und das kleine Lager, das sie gerade aufgeschlagen hatten.

»Es wird bald Nacht«, sagte er zögerlich. »Wollen die werten Herren vielleicht an unserem Feuer eine Rast einlegen?«

Die drei sahen einander an. Dann sagte der kleine Dicke, der ganz hinten ritt: »Das ist sehr freundlich von Euch, junger Mann, aber wir haben es eilig.« Er räusperte sich. »Eurer Zunge nach darf ich annehmen, Ihr seid nicht von hier?«

»Nein, wir sind Kaufleute aus Venedig«, erklärte Marco, legte die gesammelten Äste schließlich zu seinen Füßen ab, rieb sich die Hände sauber und streckte seine Rechte dem vorderen Reiter entgegen. »Mein Name ist Marco Polo.«

»Balthasar«, sagte der Mann und deutete auf die anderen zwei. »Und dies hier sind meine Gefährten, Melchior und Kaspar.«

»Sehr erfreut«, sagte Marco.

»Wir danken sehr für Eure Gastfreundschaft, aber wir reiten weiter.«

»Ah«, sagte Marco nur.

»Ja, wir folgen nämlich eigentlich einem Stern.« Derjenige, den Balthasar als Melchior vorgestellt hatte, deutete gen Himmel. »Habt Ihr ihn gestern Nacht leuchten sehen, Marco Polo aus Venedig?«

»Nein«, gab dieser zu. »Regnet ja auch seit Tagen immer wieder. Da ist der Himmel ständig voller Wolken.«

»Wohlan, wahr spricht unser junger Freund hier!«, sagte Kaspar. »Sollten wir nicht lieber doch eine Rast einlegen, Balthasar?«

»Das halte ich für überflüssig, jetzt, wo wir den Weg kennen!«

Die anderen sahen zwar nicht eben überzeugt aus, aber dann nickten sie und gaben sich geschlagen. Die drei Araberhengste setzten sich wieder in Bewegung.

»Lebt wohl, Marco Polo aus Venedig!«, rief ihm Balthasar zu. »Und habt Dank! Gott sei mit Euch!«

Schon waren sie fort. Marco starrte den Reitern noch eine Weile lang nach, dann griff er das feuchte Reisig und machte sich auf den Weg zurück zum Lager.

»Wo warst du denn so lange?«, wollte sein Vater wissen.

»Ich hab einige Reiter getroffen«, sagte Marco.

»Und? Was wollten sie von dir?«

»Nichts, sie hatten sich nur verirrt.«

»Wohin wollten sie denn?«

»Palästina«, sagte Marco leise.

Sein Vater begann zu lachen und spuckte schließlich einen Dattelkern aus. »Palästina! Also wirklich … Lauter Irre auf den Straßen! Morgen sollten wir in Saba sein. Dort tauschen wir etwas vom Paprikapulver gegen Reiseproviant ein. Und wir könnten das Grabmal der drei Weisen besichtigen.«

»Der drei Weisen?«, fragte Marco.

Da schaute ihn sein Vater vorwurfsvoll an.

»Marco, du wirst doch wohl noch die Weihnachtsgeschichte kennen! Ich meine die drei Weisen aus dem Morgenland! Sind wir schon so lange fort aus der Heimat, dass du alles vergessen hast?«

»Nein, Vater.«

Marco warf einige Äste ins Feuer. Er wartete, bis die Flammen daran emporzüngelten. Dann erhob er sich noch einmal vom Lager und trat ins Freie hinaus. Der Regen hatte nachgelassen und der nächtliche Himmel begann allmählich aufzureißen. Marco suchte nach einem hellen Stern am Firmament. Als er ihn schließlich fand, kniete er nieder, faltete die Hände und sprach ein kurzes Gebet.

»Marco«, rief ihm der Vater vom Zelt aus zu, »was machst du da? Es ist spät. Komm schlafen!«

Der junge Mann blieb, wo er war und antwortete: »Schlaf ruhig, Vater. Das Gebet ist besser als der Schlaf.«

Willkommen in Miami

Es war viel los am International Airport von Miami. Überall drängelten sich Menschen mit Koffern aneinander vorbei. Außerdem war es heiß in der Ankunftshalle, obwohl es noch recht früh am Morgen war. Satte siebenundzwanzig Grad waren für heute angekündigt. Ein schöner, sonniger Tag, mitten im Dezember. Von Weihnachtsstimmung keine Spur, obwohl sich die Dekorateure des Flughafens viel Mühe gegeben hatten: Künstliche Tannen und Glitzergirlanden in den Landesfarben schmückten so gut wie jeden Schalter und jeden Geschäftseingang. Von der Decke baumelte ein gigantischer Weihnachtsmann aus Plastik.

»Ma'am?«, hörte sie eine Stimme neben sich.

»Ja?«

»Willkommen in Miami. Ich bin Rhonda, Ihre Fahrerin«, stellte sich ihr eine kleine, dralle Frau vor. Sie hielt ihr strahlend ein Schild vor die Nase, auf dem »F. G.-Joyner« stand. »Haben Sie Gepäck dabei?«

»Diese hier«, antwortete Florence und deutete

auf die großen pinkfarbenen Hartschalenkoffer, die sie hinter sich herzog.

»Darf ich?«, fragte Rhonda, selbst gut zwei Köpfe kleiner als Florence, aber Oberarme wie eine Gewichtheberin.

»Bitte!«, sagte Florence und übergab die beiden Gepäckstücke an ihre Chauffeurin, die die rosa Ungetüme daraufhin zum Ausgang zog.

»Der Wagen steht gleich hier vorne. Damit Sie nicht so weit laufen müssen«, sagte Rhonda und lachte, als hätte sie einen besonders guten Witz gemacht.

Florence ging ihr einfach hinterher, die riesige Sonnenbrille im Gesicht, in der Hoffnung, so möglichst nicht erkannt zu werden. Sie brauchte noch etwas Ruhe vor dem Auftritt, den sie heute absolvieren würde. Sie hatten allerdings den Ausgang noch nicht erreicht, da stürmten schon drei Teenagermädchen auf sie zu und baten aufgeregt um ein Autogramm.

»Ja, sicher«, sagte sie teilnahmslos, nahm den Kugelschreiber eines der Mädchen entgegen und unterschrieb eine Zeitschrift, die man ihr hinhielt und auf der sie selbst in Siegerpose zu sehen war. Es war eine der Aufnahmen aus Seoul, die Goldmedaille für ihren Zweihundert-Meter-Lauf.

»Danke!«, quietschten die Mädchen und zogen kichernd und glücklich wieder ab. Rhonda hatte derweil gewartet und führte sie nun zu ihrem Auto.

»Bitteschön, Mrs Griffith-Joyner«, sagte sie und hielt ihr die Tür auf.

Florence warf einen ungläubigen Blick auf das Fahrzeug. Zwar war der Lincoln sauber, aber er wies mehr als nur eine Beule auf und der ehemals schwarze Lack war teilweise schon stark verkratzt. Am Rückspiegel baumelte ein bunt blinkendes Minitannenbäumchen. Florence nahm schließlich auf dem Rücksitz des Wagens Platz, dessen Leder ganz abgeschabt war, und Rhonda verstaute das Gepäck im Kofferraum. Dann ließ sie sich in den Fahrersitz fallen, startete den Motor und der Wagen bewegte sich auf die Ausfallstraße zu.

»Dann bringen wir Sie mal ruckzuck nach Williams Island«, ließ Rhonda vom Fahrersitz aus vernehmen.

»Ja, danke«, sagte Florence geistesabwesend und begann, in ihrer Handtasche zu kramen. Sie wollte noch einmal Nagelpolitur auftragen, damit die Kunstwerke auf ihren Fingern garantiert bis zum Abend hielten. Immerhin hatte es Stunden gedauert, sie so zu lackieren.

»Wird ein schöner Tag«, informierte sie Rhonda. »Ganze siebenundzwanzig Grad kriegen wir heute.«

»Hm«, machte Florence nur. Ihr war jetzt wirklich nicht nach einer Unterhaltung zumute. Sie hatte im Flieger nicht geschlafen und ihr brummte der Schädel. Vielleicht sollte sie etwas einnehmen, damit es ihr besser ging? Sie zog eine Schachtel mit Tabletten aus der Handtasche, drückte sich eine aus der Packung und schluckte sie schließlich hinunter.

»Rhonda, richtig?«, fragte sie.

»Ja, Mrs Griffith-Joyner?«

»Haben Sie zufällig Wasser dabei? Und nennen Sie mich doch bitte Flo.«

»Sehr gerne, Mrs Flo«, sagte Rhonda, strahlte in den Rückspiegel und deutete dann während des Fahrens auf ein Fach in der Seitentür, das offenbar mit schwarzem Klebeband repariert worden war. »Da müsste eine Flasche Mineralwasser drinstecken.«

Florence schaute sich um, fand die Flasche, drehte den Verschluss auf und trank einen großen Schluck. Das Wasser tat ihr gut. Es war wirklich stickig im Wagen.

»Könnten Sie eventuell die Klimaanlage anmachen, Rhonda?«, bat sie.

»Tut mir echt leid, Mrs Flo, aber die ist kaputt.«

Na, wunderbar. Was schickten diese Leute von NBC nur für Autos? Sie war immerhin ein Star. Und nun war die Klimaanlage kaputt?

»Dann öffnen Sie doch bitte das Fenster«, sagte Florence und Rhonda schraubte die Scheibe hinunter. Florence griff derweil nach ihrer Nagelpolitur und begann damit, ihre extralangen Fingernägel mit Klarlack zu übermalen. Der Fahrtwind von vorne vertrieb die giftigen Dämpfe weitgehend. Sie war allerdings gerade erst beim Zeigefinger der linken Hand angekommen, als das Auto plötzlich anhielt. Florence schaute auf.

»Was ist los?«, wollte sie wissen.

»Stau, Mrs Flo«, informierte Rhonda sie. »Ich stell mal das Radio an. Dann wissen wir, wie lange es dauert.«

Rhonda drehte am Autoradio herum und nach den letzten Takten des Beatles-Songs *Run for Your Life* ertönte die Stimme des Moderators, der sie darüber informierte, dass es heute ein warmer und sonniger Tag werden würde. Es folgten die Verkehrsnachrichten.

»… Stau von und zum Flughafen Miami aufgrund eines schweren Verkehrsunfalls, mit Wartezeiten von bis zu einer Stunde und mehr …«

Großartig. Nun würde sie es vielleicht nicht rechtzeitig zur Aufnahme schaffen. Was für eine Ironie! Die schnellste Frau der Welt kam zu spät.

»Gibt es vielleicht eine andere Strecke, auf der wir schneller hinkommen?«, wollte Florence wissen.

»Die gibt es, Mrs Flo, aber dafür müssten wir es erst einmal bis zur nächsten Ausfahrt schaffen.«

Tatsächlich bewegte sich um sie herum mittlerweile nichts mehr. Da konnten die Autos noch so laut hupen: Alles stand still. Rhonda schaltete den Motor ab.

Florence begann zu summen. Das tat sie oft, wenn sie nervös wurde, und dieser Auftritt heute machte sie sogar ziemlich nervös. Sie sollte nämlich singen, vor einer Fernsehkamera. Florence konnte aber nicht singen. Und den Text hatte sie sich bislang auch nicht gemerkt. Sie schraubte die Nagelpolitur zu und kramte mit der rechten Hand erneut in ihrer Tasche herum. Dann zog sie den Zettel mit den Noten und dem Liedtext hervor. *It's Not Where You Start, It's Where You Finish.* Und darüber die Namen derer, die den Song zu Gehör bringen sollten: Bob Hope, Dolly Parton, Orel Hershiser, der Baseballstar, und sie selbst. Man hatte ihr gesagt, den Hauptteil würden Dolly Parton und Bob Hope übernehmen, sie sollte einfach nur ihre Lippen zum Text bewegen, aber Florence widerstrebte es, irgendetwas in ihrem Leben nur halbherzig zu machen. Das war einfach nicht ihre Art. Ganz oder gar nicht. Also begann sie leise zu singen.

»Was singen Sie denn da, Mrs Flo?«, fragte Rhonda neugierig.

»Ist für die Show heute«, antwortete Florence.

»Oh Mann«, sagte Rhonda, »Bob Hope! Das muss aufregend sein, wenn man so berühmte Leute trifft!«

»Ja«, sagte Florence. Es klang nicht eben überzeugt. Sie war ja selbst berühmt. Deswegen hatte man sie schließlich zu dieser Sendung eingeladen. *Bob Hope's Jolly Christmas Show.* Weihnachten aus dem sonnigen Florida.

»Ich hab gehört, Don Johnson ist auch da«, plapperte Rhonda weiter.

»Ja, wahrscheinlich«, sagte Florence.

»Uh, den würde ich auch nicht von der Kante schubsen, wenn Sie verstehen, was ich meine!«, raunte Rhonda und lachte plötzlich laut auf. Es klang dreckig und irgendwie ansteckend. »Obwohl ich Rico von *Miami Vice* ja attraktiver finde. Der ist genau mein Typ.«

»Meiner auch«, hörte sich Florence sagen.

Rhonda klappte plötzlich ihre Sonnenblende herunter. Darauf waren die Fotos einiger Kinder geklebt, die freundlich in die Kamera lächelten. Es waren zwei Mädchen und drei Buben. Alle fünf trugen Rastazöpfe.

»Das sind meine«, erklärte Rhonda. »Die zwei Mädchen, Rosie und Sally, haben denselben Vater, die Buben haben alle einen anderen. Aber jeder von den Daddys sieht gut aus, also sehen die Kleinen natürlich auch alle gut aus! Ich meine, wenn ich schon schwach werde, dann sollte es doch immerhin ein hübscher Kerl sein, oder nicht? Ich will ja schließlich meinen Spaß haben.«

Wieder lachte sie und Florence fiel mit ein. Diese kleine, dicke Frau mit den großen Kulleraugen und der rauen Stimme hatte etwas an sich, dem man sich schwer entziehen konnte. Florence war kurz davor, jedwede Starallüren aufzugeben und sich auf ein echtes Gespräch einzulassen.

»Sie haben keine Kinder, Mrs Flo?«, fragte Rhonda.

»Nein«, antwortete Florence. »Noch nicht.«

»Aber einen hübschen Mann haben Sie!«, stellte Rhonda fest.

»Vorsicht, Rhonda, der gehört mir!«, warnte Florence.

»Keine Sorge«, sagte Rhonda, »mein Bedarf an Kindern ist gedeckt!«

Das Hupkonzert draußen ging weiter und die Hitze im Wagen stieg weiter an.

»Darf ich Sie etwas fragen, Mrs Flo?«

»Ja, Rhonda?«

»Wie macht man die?« Rhonda deutete mit dem Zeigefinger auf Florences überlange Fingernägel. »Ich meine, kriege ich so etwas auch hin? Die sehen unglaublich toll aus!«

Da fasste Florence schließlich einen Entschluss. Wenn sie schon zu dieser schrecklichen Weihnachtsshow musste, wo die ganze Dekoration aus Styroporschnee und Watte bestehen würde und wo sie ein furchtbares Lied, dessen Text sie sich nicht merken konnte, mit Bob Hope und Dolly Parton singen sollte, dann würde sie vorher wenigstens etwas Spaß haben.

»Wissen Sie was, Rhonda, ich komm mal zu Ihnen nach vorne.«

Sagte es und kletterte vom Rück- auf den Beifahrersitz, zog ihre Handtasche nach und förderte roten Nagellack der Marke Christmas Carol hervor sowie eine Packung Taschentücher und einige Wattestäbchen.

»Geben Sie mir Ihre rechte Hand«, bat Florence.

Rhonda konnte ihr Glück kaum fassen.

»Oh mein Gott«, stöhnte sie, »Flo-Jo macht mir die Nägel! Wenn ich das meiner Schwester erzähle! Die kleine Rhonda aus Overtown kriegt Flo-Jo-Nägel!« Und plötzlich kullerten ein paar Freudentränen über ihre runden Wangen. »Das ist das tollste Weihnachtsgeschenk, das ich je bekommen habe! Und dabei ist heute erst der 15. Dezember!«

Florence wischte Rhondas Tränen einfach mit ihrem Handrücken weg und begann dann zu singen: »It's not where you start, it's where you finish, and you're gonna finish on top!«

»Genau so ist es, Baby!«, stimmte ihr Rhonda zu.

»Also, Rhonda«, fragte Florence, »pinseln wir dir etwas Weihnachtsstimmung auf die Nägel?«

»Und ob wir das tun!«, jubelte Rhonda.

Sie hatte gerade mit dem Zeigefinger begonnen, da setzte sich auf einmal der Verkehr wieder in Bewegung. Der Stau löste sich offensichtlich schneller auf als gedacht und Rhonda brauchte ihre Hände am Steuer, obwohl sie, wie sie Florence erklärte, den alten Lincoln auch problemlos mit den Knien steuern konnte.

Eineinhalb Stunden später hatten sie es endlich bis Williams Island geschafft. Ein Typ mit NBC-Kappe und Schildchen auf der Brust öffnete die Wagentür und übernahm Florence' Gepäck.

»Dann wünsche ich Ihnen viel Glück für heute«, sagte Rhonda. »Und grüßen Sie mir Bob und Dolly! Und natürlich Don.« Sie grinste.

»Werde ich machen«, sagte Florence. »Und deine Nägel, die machen wir einfach ein andermal, ja?«

»Aber sicher!«, sagte Rhonda. »Und den hier«, sie hielt den Zeigefinger der rechten Hand in die Höhe, »werde ich nie wieder waschen!«

Florence lachte kurz auf, dann hob sie ihre Hand zum Gruß und folgte dem NBC-Mann zum Aufnahmegelände. Als sie sich ein letztes Mal umdrehte, stand Rhonda noch immer neben ihrem Wagen und winkte ihr hinterher. Noch aus der Ferne konnte Florence den einen rot lackierten Nagel an Rhondas rechter Hand erkennen. Es war das Einzige, was an diesem heißen Sonnentag in Miami an Weihnachten erinnerte.

Ein süßes Geschenk

»Und ich sage Ihnen, meine Herren, dass meine Kugel die rote nicht nur einmal, sondern gleich zweimal berühren wird!«

Natürlich lachten sie ihn aus. So ein Stoß war ganz und gar unmöglich auszuführen, erst recht, nachdem man so eine ungeheure Menge Punsch zu sich genommen hatte. Es nahm einen ja schon wunder, dass der Mann überhaupt noch stehen oder seine Kugel von der des anderen unterscheiden konnte. Dennoch – wann schlug man einem Genie schon etwas ab, noch dazu, wenn so viel Geld im Spiel war?

»Ich setze fünfhundert Gulden!«, rief der Mann aus und drehte sich wild im Kreis, wobei er Ausschau nach einem Mitstreiter hielt. Unvorsichtigerweise drehte sich sein Queue mit ihm und so hätte einer der umstehenden Herren beinahe ein Auge verloren, hätte er sich nicht im letzten Moment noch rechtzeitig weggeduckt.

»Einverstanden«, sagte der Hausherr schließlich. »Ich halte die Wette und gebe die Kugeln hiermit zum Abschuss frei. Zeigt, was Ihr könnt!«

»Ja, Mozart, zeig uns, was eine Jäger ist!«, johlte ein anderer und machte dazu eine obszöne Geste, zu deren Zweck er sich zwei herumliegende Karambolkugeln schnappte und vor die eigene Brust hielt, was wildes Gelächter hervorrief. Mozart, der am lautesten schrie, fügte hinzu: »Da hat meine Frau eindeutig mehr zu bieten als du!«

»Kein Wunder«, rief ein dritter, »sie geht ja auch mit *meinem* Kind schwanger!«

Der vermeintliche Kindsvater feixte und Mozart kreischte vor Vergnügen, während er so tat, als wollte er sich mit dem Mann duellieren, indem er ihm sein Queue an die Brust hielt.

»Genug, genug!«, rief der Hausherr. »Wir wollen Taten sehen!«

Da stellte sich Mozart mit einem Mal ganz gerade hin, holte tief Luft, hüpfte dann auf und ab, wackelte mit dem Kopf, sodass ihm die Perücke verrutschte, beugte sich endlich vor, legte an und stieß zu. Seine Kugel berührte nicht nur die anderen Kugeln, nein, sie traf tatsächlich die rote Kugel ein zweites Mal! Applaus und Jubel brachen über ihn herein und Mozart strahlte über das ganze Gesicht. Doch dann ging es mit ihm durch.

»Und nun wiederhole ich das Ganze noch einmal. Allerdings verdopple ich den Einsatz! Wer geht mit?«

Ein Raunen setzte ein und Mozart sah herausfordernd in die Gesichter dieser Weihnachtsgesellschaft, die sich mit Alkohol und Wetten erfolgreich davon abhielt, in allzu besinnliche Stimmung zu geraten. Die gebotenen tausend Gulden waren eine hohe Summe, aber für niemanden im Raum war sie so hoch wie für Mozart selbst. Dieser Betrag entsprach der kompletten Gage eines Konzertabends. Und jeder hier wusste, dass der Mann Schulden hatte. Eine solche Summe zu setzen war also purer Wahnsinn, doch sie nicht anzunehmen hätte so ausgesehen, als wollte oder könnte man mit einem kleinen Musikus nicht mithalten und mochte man noch so viel Mitleid mit dem armen Kerl haben, das ließ man dann doch nicht auf sich sitzen.

»Ich halte die Wette!«, rief der Hausherr, wohl wissend, dass er Mozart damit keinen Gefallen tat.

»Gut!«, rief dieser. »Sehr gut. Also, dann los!«

Mozart legte sich die Kugeln zurecht, führte seinen Tanz ein zweites Mal auf, beugte sich vor, zielte – und traf daneben. Diesmal erwischte er die rote Kugel überhaupt nicht. Er hatte verloren.

»Mein lieber Mozart«, rief der Herzog aus, »das Glück scheint sich von Euch abgewendet zu haben.«

»Im Gegenteil«, rief Mozart und schwang das Queue über seinem eigenen Kopf, »ich fange grad erst an! Auf ein Neues, meine Herren! Wer nicht wagt, der nicht gewinnt! Tausend Gulden sind geboten!«

Nun war es jedoch genug. Der Hausherr ließ einen strengen Blick über die Anwesenden gleiten und diesmal rührte sich niemand mehr, der die Wette annehmen wollte. Keiner, der sich bereit fand, den Mann in sein endgültiges Verderben zu schicken. Schließlich ließ Mozart das Queue sinken und eine schwere Hand legte sich auf seine Schulter.

»Lasst es gut sein für heute, mein Freund.«

Der Hausherr nahm ihm behutsam das Queue ab und bugsierte Mozart in Richtung Ausgang. »Es ist Heiligabend. Solltet Ihr da nicht bei Frau und Kind sein?«

Mozart dachte an Constanze und den kleinen Karl und daran, wie er wohl die tausend Gulden Wettschulden aufbringen sollte. Er würde irgendetwas verpfänden müssen. Ob der Pfandleiher heute Abend noch offen hatte? Mozart konnte spüren, wie ihm die Hitze zu Kopf stieg. Das hier war demütigend, keine Frage. Also entwand er sich schnell dem freundschaftlichen Griff des Hausherrn und drehte sich zu den Anwesenden um.

»Ich darf mich verabschieden, meine werten Herren!«, rief er aus, das liebenswerteste Grinsen im Gesicht, das man sich vorstellen konnte. »Und frohe Weihnachten! Mögen Sie alle recht gut in Ihren Betten schlafen und ordentlich hineinscheißen!«

Das Gelächter folgte ihm noch bis ins Untergeschoss. Dort sah Mozart sich seinem Gastgeber gegenüber.

»Kommen Sie gut nach Hause, lieber Freund«, sagte dieser und ließ seinen Diener schon die Tür öffnen, doch Mozart hatte plötzlich eine Eingebung, wie er die Rechnung begleichen konnte. Schnell schälte er sich aus seinem neuen Rock heraus.

»Hier!«, sagte er und überreichte dem erstaunten Herzog seinen himmelblauen seidenen Überwurf mit den vergoldeten Knöpfen. »Spielschulden sind Ehrenschulden und ich fürchte, das Bargeld ist mir gerade ausgegangen. Aber nehmen Sie doch einstweilen diesen Rock!«

Ein Wink des Herzogs und einer der Diener griff nach dem dargebotenen Kleidungsstück.

»Frohes Fest noch«, sagte Mozart, rülpste kurz eine Welle von Punscharomen hervor, machte eine Verbeugung fast bis zum Boden und entschwand dann, den kopfschüttelnden Hausherrn zurücklassend, leicht torkelnd in die Nacht hinaus.

Nun stand er in dünnem Hemd in der Himmelpfortgasse, während der Schnee leise um ihn herum zu Boden fiel, und fror entsetzlich. Die kalte Nachtluft brachte ihn allerdings auch schnell wieder zur Besinnung. Es war Heiligabend, er hatte mal wieder alles verspielt und weder für Constanze noch für den kleinen Karl ein Geschenk dabei. Er konnte nur hoffen, dass die beiden schon schliefen, wenn er heimkam. Andernfalls würde es Tränen geben, Tränen, Tränen und noch mehr Geschrei.

Mozart schlang die Arme um sich und klopfte auf seine Schultern. Was für eine beschissen kalte Nacht das doch war! Da konnte er ja gleich selbst anfangen zu heulen. Wie ein Wolf! Er legte den Kopf in den Nacken und begann zu jaulen, laut und durchdringend. Und hörte hinter sich plötzlich ein paar Männerstimmen auflachen und jemanden sagen: »Was für ein Verrückter!«

Mozart drehte sich um. Zwei Konditorgesellen luden hinter ihm Pakete von einem Wagen ab. Offensichtlich wurde gerade das Dessert für die feine Gesellschaft geliefert. Wie schade, dass er es verpassen würde.

Die Männer trugen die Sachen zu einem Nebeneingang des Palais und läuteten an, ein Dienstmädchen machte ihnen auf und sie hievten ihre Ware über die Türschwelle ins Haus hinein.

Das war der Augenblick, in dem Leben in ihn kam, denn im Schein der Laterne konnte Mozart ein weiteres, ziemlich hohes Paket ausmachen, das noch auf der Ladefläche stand. Es würde nicht lange dauern, bis die zwei zurückkämen, um auch dieses hier hineinzutragen. Also machte er ein paar eilige Schritte auf den Lieferwagen zu, griff sich die hohe Schachtel und rannte damit so schnell er konnte um die nächste Straßenecke.

Es war nicht weit bis zu ihm nach Hause. Atemlos, denn das Paket war schwerer, als er vermutet hatte, läutete er an, stürmte dann, als ihm die Tür geöffnet wurde, hinein, die Treppen hoch und polterte schließlich seinen Weg bis in den Salon, wo er den Karton auf dem kleinen Nähtischchen abstellte. Von dem Lärm geweckt, tauchte Constanze im Türrahmen auf.

»Was machst du für einen Wirbel, Wolfgang?«, zischte sie ihn an. »Der Kleine ist gerade erst eingeschlafen.« Und vorwurfsvoll fügte sie hinzu: »Wir haben stundenlang auf dich gewartet.«

»Ich weiß, ich weiß«, sagte er ergeben. Da stand plötzlich auch der kleine Karl neben Constanze und rieb sich die müden Kinderaugen.

»Vati, bist du wieder da?«, fragte er und gähnte.

»Na, wunderbar!« Constanze schaute böse zu ihrem Ehemann. »Jetzt hast du ihn geweckt!«

Da griff Mozart nach der Hand seiner Frau und fasste seinen Sohn um die Hüfte, stemmte ihn hoch und führte sie schließlich zum Nähtisch, um mit geschwellter Brust zu verkünden: »Das hier ist für euch! Frohe Weihnachten, ihr liebsten Menschen!«

Mit einem Jauchzer ließ sich das Kind absetzen, öffnete mit seinen kleinen Händen den Karton und fing vor Freude an zu quietschen.

»Ein Kuchen, Maman, Papa hat uns einen Kuchen mitgebracht!«

Tatsächlich fiel die Verpackung auseinander und gab den Blick auf eine dreistöckige Torte frei, die über und über mit Zuckerguss verziert war und auf deren Spitze aus Zuckerfondant gefertigte bunte Vögelchen, verziert mit echten Kanarienvogelfedern, in vergoldeten Ästen saßen. Es war ein Meisterwerk der Konditorkunst.

»Oh, Wolfgang«, seufzte Constanze selig, »wie wunderschön!«

»Nicht wahr?«, freute sich Mozart über seinen gelungenen Diebstahl. »Für meine Familie nur das Beste!«

»Aber war das nicht schrecklich teuer?«, wollte sie besorgt wissen.

»Ach nein«, antwortete Mozart nur. Dann küsste er seine schwangere Frau zuerst auf den Mund und dann auf den Bauch und beschloss, ihr das mit dem fehlenden Rock vorerst zu verschweigen.

Ein Stückchen Freiheit

Sie schaute von ihrem Fenster aus auf die rue de Berri. Streng genommen war es nicht ihr Fenster, weil das Zimmer normalerweise Polly gehörte, wenn sie daheim und nicht im Lycée war, aber da Sallys Bett im Augenblick hier stand, konnte sie wohl mit Recht behaupten, dass dies auch ihr Zimmer war. Nur schlief sie nicht in diesem Raum. Die Nächte verbrachte Sally bei ihm.

Es war sein Wunsch gewesen, dass sie Polly nach Europa begleitete. Eigentlich war eine ältere Sklavin dafür vorgesehen gewesen, aber die war kurz vor der Reise krank geworden und so hatte man kurzerhand Sally mit auf das Schiff nach London gesetzt, damit Polly nicht allein reisen musste. Dass Sally zu diesem Zeitpunkt erst vierzehn Jahre zählte, schien niemanden zu stören, immerhin passte sie schon ihr halbes Leben lang auf Polly auf. Wer also hätte das Kind sonst nach Europa begleiten sollen?

In London hatte Abigail Adams sie dann unter ihre Fittiche genommen – und sich hinter Pollys und Sallys Rücken das Maul darüber zerrissen, wie man nur auf die Idee kommen konnte, ein vierzehnjähriges Sklavenmädchen als Anstandsdame auf eine so lange und gefährliche Reise mitzugeben. Ein halber Skandal! Aber was sollte man auch erwarten von den Jeffersons, wo doch jeder wusste, wie sie es mit ihren Sklaven hielten.

Dennoch ließ sie es zu, dass Sally die kleine Polly auch nach Paris begleitete, wo sie von Jefferson persönlich in Empfang genommen wurden. Fortan lebte Sally bei der Familie Jefferson, und das war in der Tat ziemlich ungewöhnlich, denn welches Sklavenmädchen aus Virginia schaffte es schon bis nach Paris?

Die Mädchen wohnten zunächst eine Weile bei ihrem Vater, aber dann gab man sie ins Internat, um ihre schulische Bildung voranzutreiben und Sally blieb ohne Polly und ihre Schwester Patsy zurück. Das war der Zeitpunkt, zu dem ihre Rolle von der einer Begleiterin überging in die einer Bettgefährtin für den Master.

Es war nicht so, dass es sie sonderlich überrascht hatte, als er sich am ersten Abend, als die Mädchen nicht mehr da waren, zu ihr ins Bett legte. Und was hatte sie auch schon für eine Wahl? Sie tat also brav, was er von ihr verlangte, und nahm seine Zuneigung und seine Begierde schlicht so hin, wie es von ihr erwartet wurde, nämlich diskret und ohne Widerstand. Aber welche Fünfzehnjährige suchte sich schon freiwillig einen dreißig Jahre älteren Mann fürs Bett aus?

Sally starrte aus dem Fenster. Eigentlich hätten die Mädchen schon da sein müssen. Sie hatten extra eine Kutsche geschickt, um sie abzuholen, aber wahrscheinlich war der Verkehr heute besonders stark, denn immerhin war Heiligabend. Sally freute sich aufrichtig auf die beiden, ganz besonders auf Polly, für die sie stets wie für eine kleine Schwester empfunden hatte, obgleich sie eigentlich ihre leibliche Tante war. Aber das stand auf einem vollkommen anderen Blatt. Die Familienverhältnisse der Jeffersons und Hemings waren quasi Staatsgeheimnis, erst recht seit ihr Master eine solch herausragende Rolle in Washington spielte.

Sally war so in Gedanken versunken, dass sie ihn gar nicht hörte, als er den Raum betrat.

»Noch immer nichts zu sehen?«, fragte Thomas Jefferson.

»Nein«, antwortete Sally. »Sie müssen wohl aufgehalten worden sein.«

»Gut«, sagte er leise und griff nach ihrer Hand, »das gibt mir noch etwas Zeit, eine gewisse Sache mit dir zu besprechen.«

»Welche Sache, Master?«, fragte Sally.

»Nenn mich nicht so«, bat Jefferson sie. »Du weißt, dass ich das nicht mag. Und in Paris bist du ein freies Mädchen.«

»Ja, Master«, sagte Sally leise.

Er setzte sich auf einen der herumstehenden Stühle und zog sie zu sich auf den Schoß. Dann griff er ihr in das volle, lange Haar und versenkte für einen kurzen Augenblick sein Gesicht darin, um ihrem Duft nachzuspüren.

»Du weißt, dass ich dich gern habe, Sally, nicht wahr?«

»Ja.«

»Und du weißt auch, dass es einige Leute gibt, die Anstoß daran nehmen würden, wenn sie uns zusammen sähen?«

Sally nickte zustimmend.

»Deshalb hab ich unsere Beziehung bisher geheim gehalten. Und ich würde es bevorzugen, wenn dies so bleibt. Du verstehst, was ich meine?«

Natürlich verstand sie, was er meinte. Patsy und Polly sollten nichts davon erfahren, was ihr Vater so mit ihr in seinem Schlafzimmer trieb.

»Ja, Master«, sagte sie leise, »ich verstehe.«

»Sag endlich Thomas zu mir, wenn wir allein sind, Kind.«

»Ja, Thomas.«

Jefferson seufzte. Sally war ein sehr verständiges Wesen, wenn auch völlig ungebildet, was natürlich seine eigene Schuld war, immerhin war er es, der nicht ausreichend für ihre Ausbildung gesorgt hatte. Aber bislang war es ihm auch nicht eingefallen, warum ein Sklavenmädchen zur Schule gehen sollte, wenn doch alles, was sie können musste, Haushalt, Kinderpflege und Handarbeit betraf. Dazu musste man weder lesen noch schreiben können. Und für das andere waren diese Fähigkeiten auch nicht von Belang.

»Gut«, sagte Jefferson schließlich und schob Sally wieder von seinem Schoß hinunter, »dann ist ja alles besprochen. Solange die Mädchen im Haus sind, bin ich dein Herr und du meine Dienerin.«

Wieder nickte Sally, aber dann wagte sie es doch, die eine Frage zu stellen, über die sie schon den gesamten Morgen nachgedacht hatte.

»Wo werde ich nachts schlafen?«

Jefferson dachte einen Augenblick über die Frage nach.

»Hier, in Pollys Zimmer«, sagte er schließlich. »Die Mädchen werden ohnehin nur eine Woche bleiben. Danach werden wir so weitermachen wie bisher.«

Das hieß also, sie würde wieder in sein Bett steigen, wann immer er es verlangte. Das brachte Sally zu ihrer zweiten Frage und es fiel ihr nicht leicht, sie zu stellen.

»Was, wenn es nicht so weitergeht wie bisher?«, wollte sie wissen.

»Wie meinst du das?«, fragte er.

Sally holte tief Luft und nahm all ihren Mut zusammen. Irgendwann musste sie es ihm ja sagen.

»Ich meine, wenn das Baby da ist«, sagte sie.

Jefferson sprang auf und machte zwei Schritte rückwärts. Sally fand, er sah plötzlich nicht mehr ganz so selbstsicher aus wie zuvor. Diesen Umstand musste sie nutzen.

»Du bist schwanger?«, fragte Jefferson.

»Ich bin mir nicht ganz sicher«, antwortete Sally. »Aber da der Master jede Nacht bei mir liegt, war es ja nur eine Frage der Zeit, bis ich …«

Jefferson begann, im Raum auf und ab zu laufen. Wie konnte er diesen Umstand nicht bedacht haben? Vielleicht hätte er besser aufpassen sollen. In seiner Position konnte er sich einen solchen öffentlichen Fehltritt nicht erlauben. Es war zwar durchaus so, dass auch andere Plantagenbesitzer ihre Sklavinnen schwängerten, aber die holten sie dann nicht unbedingt als Gesellschafterinnen für ihre Töchter ins Haus. Außerdem war Sally noch sehr jung. Das könnte einen mittelschweren Skandal geben. Nicht auszudenken, was seine Töchter dazu sagen würden, wenn sie mitbekämen, dass Sally schwanger war – und von wem.

»Bist du dir sicher?«, fragte er.

»Nein«, gab sie zu.

»Dann«, sagte Jefferson, »lass uns keine voreiligen Schlüsse ziehen. Und, vor allem, kein Wort zu Polly und Patsy, verstanden? Solltest du wirklich schwanger sein, wird sich schon eine Lösung finden lassen. Notfalls schicken wir dich zurück nach Virginia.«

Das war der Augenblick, in dem Sally ihren Haken auswarf und inständig hoffte, er würde anbeißen.

»Wenn ich schwanger bin, Master Jefferson, werde ich in Europa bleiben.«

Er hatte sich wohl verhört. Oder hatte sie ihm tatsächlich gerade gesagt, dass sie ihn verlassen würde? Ein Rückreisedatum für die Familie stand zwar noch nicht fest, aber wenn sich die Stimmung in Paris weiter so aufheizte, würde eine Revolution wohl unausweichlich werden. Und obgleich er seinem Land dienen wollte, würde er das Leben seiner Familie nicht unnötig gefährden. Eine Rückkehr nach Amerika war also nur eine Frage der Zeit und natürlich war er davon ausgegangen, dass Sally sie begleiten würde.

»Wie kommst du auf die Idee, dass ich das zulassen würde?«, fragte er.

Sally drehte sich erneut zum Fenster um. Wenn sie jetzt stark bleiben wollte, durfte sie ihm besser nicht ins Gesicht schauen.

»In Paris bin ich frei«, sagte sie leise. »Und mein Kind wäre es auch.«

So, nun war es draußen. Sie hatte ihren einzigen Trumpf ausgespielt und zitterte bei dem Gedanken daran, wie er jetzt reagieren würde.

Jefferson jedoch wurde ganz entgegen Sallys Befürchtungen sehr still. Er ließ sich erneut auf den Stuhl sinken und verbarg sein Gesicht in den Händen. War das nun der Geist der Revolution, der sich ihm hier offenbarte? Und hatte sie nicht eigentlich recht mit dem, was sie sagte? Hier in Europa war sie eine freie Frau, in Virginia würde sie wieder das Leben einer Sklavin führen. Wenn ihm also etwas an ihr lag, dann würde er sie freigeben müssen. Aber so weit war er noch nicht.

»Und wovon willst du leben, Kind?«, fragte er leise.

»Ich kann arbeiten«, sagte Sally mit brüchiger Stimme.

»Wer würde denn eine fünfzehnjährige Schwarze mit einem unehelichen Baby in seinem Haushalt beschäftigen?«, fragte Jefferson. »Du würdest verhungern.«

»Der Master würde nicht für mich sorgen?«, fragte Sally. »Nicht einmal für sein eigenes Kind?«

Das war es also. Sie würde das Kind als Faustpfand gegen ihn benutzen. Wenn er nicht zahlte, würde er sein eigen Fleisch und Blut verraten. Und womöglich noch seinen guten Ruf verlieren, wenn sie damit an die Öffentlichkeit gehen sollte. Er musste sie also unter allen Umständen von diesem Plan abbringen.

»Wenn du mit nach Virginia kommst, kann ich für euch beide sorgen«, sagte Jefferson. »Hier in Paris kann ich nichts für euch tun.«

»Falls ich mit nach Virginia käme«, führte Sally den Gedanken weiter aus, »würdet Ihr mich dann freilassen?«

Er dachte kurz über ihren Vorschlag nach. »Nein«, war seine Antwort.

»Dann gibt es nichts mehr zu sagen«, flüsterte Sally und lehnte ihre heiße Stirn gegen die kühle Fensterscheibe.

Jefferson, der mit so viel Widerstand nicht gerechnet hatte, gab sich endlich geschlagen.

»Aber dein Kind würde frei sein. Mit einundzwanzig Jahren lasse ich es gehen. Das ist mein Angebot, solange du mit mir nach Virginia zurückkehrst.«

Auf Sallys Gesicht begann sich ein Lächeln auszubreiten. Sie hatte gewonnen. Ihr Kind würde frei sein.

»Hab ich darauf Euer Wort?«

»Ja«, sagte Jefferson, »das hast du.«

Sally drehte sich zu ihm um und sah ihm direkt ins Gesicht. »Dann werde ich mit nach Virginia kommen.«

In diesem Augenblick konnte man eine Kutsche vor dem Haus vorfahren hören. Die Mädchen waren da, um mit ihrem Vater Weihnachten zu feiern.

»Wir sollten die zwei im Salon empfangen«, schlug Sally nun vor und Jefferson brummte zustimmend.

Als Patsy und Polly wenig später den Raum betraten, in dem ihr Vater und Sally sich aufhielten, war das Erste, was sie sahen, Sallys Hand auf Jeffersons Schulter, der in einem breiten Lehnsessel saß, hinter dem die junge Frau Aufstellung genommen hatte.

»Willkommen zu Hause«, sagte Sally und lächelte.

Totenfeier

Der große Diktator war tot. Niemand war deswegen überrascht, hatte sich sein Tod doch längere Zeit angekündigt, wie ein Film, den man über Wochen und Monate in den Kinos bewarb und von dem, kam er tatsächlich heraus, jeder dachte: Ach, ist der nicht schon längst gelaufen? Und ihn dann gar nicht mehr anschaute. So ging es den Leuten mit dem Tod des großen Diktators. Im Grunde war jeder, der davon hörte, überrascht, dass es nicht schon viel früher geschehen war.

Dass er ausgerechnet zu Weihnachten starb, war eine etwas unangenehme Sache, fand man doch an diesem 25. Dezember keinen Leichenbestatter, der bereit gewesen wäre, die sterblichen Überreste zu entsorgen und somit seiner Familie ein sorgenfreies Weihnachtsfest zu bescheren. Stattdessen sah man sich genötigt, ihn in den eigenen vier Wänden aufzubahren, wozu eilig das Schlafzimmer umdekoriert wurde, weil man die kleine Leiche des großen Mannes nicht im Haus herumtragen wollte. Das Schlafzimmer verfügte aufgrund seiner vielen

Fenster über einen wundervollen Ausblick auf den Genfer See, was, zugegeben, an einen Toten erstens vollkommen verschwendet erschien und zweitens ein Zuviel an winterlichen Sonnenstrahlen ins Zimmer ließ. Sprich: Die Kühlung der kleinen Leiche war nur mittels eilig herbeigebrachter schwarzer Stoffe möglich, die man vor die Fenster hängte, um so das Licht draußen zu halten.

Nun war es nicht so, dass man in diesem Hause auf Trauerkleidung besonderen Wert gelegt hätte, aber es gab sie immerhin: ein dunkler Anzug, eine breite schwarze Krawatte, ein sittsames Kostüm, eine Ballrobe und natürlich das obligatorische kleine Schwarze. Mangels Alternativen, denn es fanden sich weder schwarze Decken noch Laken noch Tischwäsche, behängte man damit die Fenster im Totenzimmer, das einmal das Schlafzimmer gewesen war. Mit der Leiche auf dem Bett sah es aus, als wäre ein Visconti-Filmset explodiert.

Die Familie versammelte sich unterdessen im Wohnzimmer um den Kamin herum, denn immerhin war Weihnachten und was hätte man sonst tun sollen? Mangels schwarzer Kleidung, mit der man seiner Trauer hätte Ausdruck verleihen können, wenn man dies denn gewollt hätte, trugen die Familienmitglieder fröhliches Festtagsgewand in bunten Farben. Und weil es ja, wie bereits erwähnt, Weihnachten war, schenkte man an die Erwachsenen Alkohol aus, weshalb es nicht lange dauerte, bis die Stimmung von gedrückt in fröhlich beschwingt umschlug, erinnerte man sich doch gerne einiger amüsanter Anekdoten, in deren Mittelpunkt der Tote stand, und verdrängte höflicherweise die vielen schlechten Erinnerungen. So kam es also, dass der Herr Pfarrer, als er das Haus betrat, eine fröhliche Familie in bunten Kleidern antraf, die mit Sekt auf den Verstorbenen anstieß und sich blendend zu amüsieren schien.

»Guten Abend«, sagte der Pfarrer.

»Guten Abend!«, begrüßte ihn die Witwe mit strahlendem Lächeln und glänzenden Augen, wobei man ihr zugutehalten musste, dass die Augen vor Tränen glänzten. Dass es Lachtränen waren, konnte man auf den ersten Blick ja freilich schwer erkennen. »Sie kommen sicher wegen meines Mannes.«

»Ja«, sagte der Pfarrer und konnte sich des Eindrucks nicht erwehren, dass er im falschen Film gelandet war. Normalerweise passierte es ihm nicht, dass er, rief man ihn zu einem Trauerfall, nicht wusste, was zu tun war. Er hatte immer einen Bibelspruch parat, ein freundliches Nicken, zur Not auch ein beredtes Schweigen. Aber hier, an diesem Kamin, brauchte man keinen Mann Gottes. Hier, das sah er wohl, pulsierte das Leben. Daher ließ er sich den Weg zum Totenzimmer zeigen, wo er sich mehr geschätzt wähnte, und trat ein.

In dem Raum war es gänzlich still. Vom Lachen und Feiern im Untergeschoss drang nichts bis hier herauf. Die Leiche, das konnte er im schwachen Schein der Nachttischlampe sehen, lag gerade ausgestreckt auf dem Bett. Dann wandte der Pfarrer den Blick nach oben und erschrak zutiefst. Über ihm hingen mehrere tote Körper. Er konnte einen Herrn im Anzug entdecken, eine Dame im Abendkleid und etwas, das aussah wie ein Kind in einem Nachthemd. Zutiefst erschrocken griff sich der Pfarrer an die Brust. Darin hatte etwas plötzlich einen gewaltigen Knall getan und hatte schließlich ausgesetzt. Als er, bereits vor Schreck sterbend, auf den Parkettboden niederfiel, realisierte der Pfarrer, dass es sein Herz gewesen sein musste. Er würde also sterben. Jetzt und hier. Und, siehe da: Als sein Kopf auf dem Boden aufschlug, war er bereits tot.

Die Familie, inzwischen zu Cognac übergegangen, hielt mit einem Mal inne. Hatte da nicht etwas einen gewaltigen Lärm verursacht? Und kam dieser Lärm nicht etwa aus dem Schlafzimmer des großen Diktators?

»Ich werde einmal nach dem Rechten sehen«, sagte die Witwe, stellte ihr Glas vorsichtig auf dem Couchtisch ab und ging die Treppe hinauf. Als sie die Tür zum Schlafzimmer öffnete, stieß sie gegen die Beine des toten Pfarrers.

»Oh«, sagte die Witwe nur angesichts des zweiten Toten im Zimmer. Dann schritt sie schnell hinab, um ihren Verwandten mitzuteilen, dass es den Pfarrer erwischt hatte.

»Sollte man nicht einen Krankenwagen rufen?«, wurde sie gefragt.

»Nein«, antwortete die Witwe, »dafür ist es wohl zu spät. Aber man rufe den Arzt, um einen Totenschein auszustellen.«

Eilig telefonierte man nach dem Arzt. Der kam, als man gerade den Eierlikör öffnete, weil nichts anderes mehr im Haus war. Mit schnellen, fordernden Schritten nahm der Arzt die Treppe, öffnete das Schlafzimmer, in der Meinung, es sei vielleicht noch etwas zu retten – und, weil man ihn nicht davor gewarnt hatte, stolperte er über den auf dem Boden liegenden Pfarrer. Der Arzt, ein kräftiger Kerl mit Brille und Schnauzbart, geriet ins Straucheln, stürzte nach vorne, knallte mit einem gewaltigen Laut mit dem Kopf gegen den Bettpfosten und fiel tot zu Boden, da sein Schädel mitten entzweigebrochen ward.

Die Witwe, die dem Arzt nach oben gefolgt war und den Sturz vom Treppenabsatz aus durch die offene Zimmertür beobachtet hatte, schüttelte nur den Kopf. War denn das zu fassen? Drei Tote auf einmal? Langsam, ganz langsam kam sie wieder herunter, trat, das Gesicht ganz weiß, ins Kaminzimmer, sah auf und sagte schließlich deutlich vernehmbar zu den Anwesenden: »Ein Arzt, ein Pfarrer und ein Komiker liegen tot im Schlafzimmer …«

Es entstand eine Konversationspause. Und in das Schweigen der geschockten Witwe hinein brach sich das Gelächter der Abendgesellschaft mit aller Macht seine Bahn.

Das Monster

Leise hatte sie das Zimmer betreten, in dem das Kind lag, und beobachtete es eine Weile lang vom Türrahmen aus, unschlüssig darüber, ob sie gehen oder bleiben sollte. Sein verschwitztes Köpfchen drehte sich unruhig auf dem Kissen hin und her und es seufzte im Schlaf, nach Kinderart, frei von Sorge und doch voller Furcht. Sie würde sich eine Weile zu ihm setzen, bis sein Atem ruhiger, die Träume freundlicher und die Schatten auf seinem Gesicht der Schlafesruhe gewichen waren, ganz so, wie es sein sollte.

Sie schob einen dunklen Holzstuhl ans Bett heran, setzte sich nieder und strich mit ihrer linken Hand den Rand des weißen Lakens glatt, das durch die ungelenken Bewegungen des Kindes Falten schlug. Marys Blick blieb an den kleinen Kinderhänden hängen, die sich im Schlaf geöffnet hatten, wie um etwas zu empfangen, das sein kleines Wesen noch gar nicht begreifen konnte.

Sie vermied es, ihn zu berühren. Nur nicht aufwecken, dachte Mary, er soll jetzt schlafen. Sie würde einfach hier warten, bis sie sich sicher sein konnte, dass alles in Ordnung war, in bester Ordnung. Ja, das würde sie tun. Und dabei an das Neue denken, das nun auf sie zukam. Ein neues, ein weiteres Leben würde wachsen und gedeihen und alles würde gut werden. Nein, es würde vielleicht noch besser werden als zuvor! Sie würden alles in geordnete Bahnen lenken und das Kind bekam den Namen, den es verdiente. Schon sehr bald würden sie tun, was zu tun war, und alles würde gut werden. Das hatte Percy ihr versprochen. Eine Heirat noch in diesem Jahr. Und jetzt hatten sie ja schon Weihnachten. Ganz fest versprochen hatte er es.

Etwas bewegte sich plötzlich, etwas rührte sich, rührte an ihr. War das etwa schon das Kind? Unmöglich, das konnte nicht sein. Viel zu früh war es dafür. Sie würde noch Monate warten müssen, bis sie die Bewegungen in ihrem Inneren spüren konnte. Aber da war es wieder. Etwas bewegte sich in ihr, wie ein Fisch der, ohne Wasser, plötzlich mit der Flosse ausschlägt, ein Tier, dessen Nerven man stimulierte, um eine Bewegung hervorzurufen, dabei war es doch schon lange nicht mehr am Leben. Oder noch nicht.

Mary drückte unwillkürlich ihre Hand auf ihren Unterleib. Selbst von außen meinte sie nun ein sanftes Schlagen gegen ihre inneren Organe spüren zu können. Etwas bewegte sich in ihr. Erschrocken fuhr sie von ihrem Stuhl hoch und ging mit zwei schnellen Schritten ans Fenster. Unsinn, was dachte sie sich nur dabei? Reine Nervenanspannung war es, nichts sonst. Sie hatte zu viel gearbeitet, zu viele Kreaturen in ihrem Kopf gesammelt, die ihr nun mit ihren vielen Stimmen den Verstand vernebelten. Da war nichts. Oder doch, da war vielleicht das zu ausgiebige Weihnachtsessen, das sie an diesem Abend eingenommen hatten und der Champagner, den Percy unbedingt hatte ausschenken lassen müssen, weil sie ihm von ihrer erneuten Schwangerschaft erzählt hatte und man den Bund damit nun endgültig besiegelte. Ein Bund, der sie beide vereinen, aber nicht einengen sollte. Freiheit, auch in der Ehe, so hatte er es ihr gepredigt, war der Schlüssel zu ihrer beider Glück. Und sie wollte es ihm so gerne glauben und hatte gelacht und mit den anderen Weihnachtslieder gesungen und sich von ihrer besten Seite gezeigt, dabei war ihr unendlich elend zumute gewesen. Dem Kleinen hatten sie ein Stofftier in die Hand gedrückt und ihn dann mit der Nanny nach oben geschickt, damit sie ihn hinlegte. Heimlich war sie ins Bad geflüchtet, als man bei Zigarren und

Cognac saß, und hatte sich in die Waschschüssel übergeben. Und war dann wieder hinausgegangen und hatte weiter gelächelt und den Festtagspunsch, den die Köchin zubereitet hatte, fleißig an die Gäste verteilt.

»Woran arbeitest du gerade, Mary?«, hatte man sie gefragt.

»Noch immer mein Doktor Frankenstein«, hatte sie geantwortet.

»Aber, aber! Das ist doch kein Thema für eine schwangere Frau!«

Und schon da, im Salon, unter den Gästen und den Augen der Familie, hatte sie es spüren können, dieses zappelnde, schlagende Ding in sich. Aber natürlich hatte sie es abgetan. Es konnte ja nicht sein, also war es nicht.

Später dann, als alle gegangen waren, hatte Percy ihr sogar ein Kompliment gemacht und sie kurzerhand gleich dort, im kleinen Salon, beschlafen, so wie er es gerne an Sonntagen tat, wenn sie außer Haus Besuche machte und nur das Dienstmädchen da blieb und er mit dem Mädchen … Er mochte diesen Raum, die roten Samtvorhänge und wie das Licht des Deckenlusters die Sicht auf ihren nackten Leib preisgab. Und sie hatte sich sogar gefreut über die Aufmerksamkeit, die er ihr zuteilwerden ließ und weil er sie zuvor doch so sehr gelobt hatte für ihre Arbeit und den Zweiflern zugerufen hatte, sie würde der Kreatur schon Leben einhauchen. Die Schwangerschaft würde sie nur noch mehr beflügeln. Da wollte sie nicht Nein sagen und ließ ihn gewähren.

Ihr Blick suchte den Himmel ab, aber dank der nachtschwarzen Wolken war kein Stern zu sehen. Sogar der Mond hielt sich verborgen. Also drehte sie sich um und suchte nach dem Himmel in diesem Zimmer und wieder schaute sie zum Bett hinüber und auf das schlafende Kind, dessen Bettstatt von dem Licht, das von der offenen Tür zum Flur ins Zimmer drang, erhellt wurde. Da waren mit einem Mal so viele Schatten, die über das Bett gingen, aus Ritzen und aufgeworfenen Deckenwülsten krochen und die nach und nach Besitz von ihrem Kind ergriffen. Sie lagen auf seiner Brust, sie lagen schwer und schwarz und grausam und Mary eilte zum Bettchen hin und strich alles weg, die Schatten sollten ihr Kind nicht erreichen. Aber je schneller ihre Hände wanderten, desto wilder schien plötzlich auch das Schlagen in ihrem Inneren anzuwachsen. Stoß um Stoß eroberte sich das Andere in ihr Raum, verdrängte alles, was ihm im Weg war und wuchs und wuchs ohne Unterlass.

Mit jedem Atemzug wurde es größer, bald würde es sie zur Gänze ausfüllen und sie schließlich auseinanderreißen.

Mary schnappte nach Luft. Schon hatte es ihre Lunge gequetscht, sehr bald schon würde sie nicht mehr atmen können. Der Blutfluss in ihr kam zum Erliegen. Fleisch, dachte sie, sie war nur noch ein Stück Fleisch, von dem sich die Kreatur, die in ihr heranwuchs, ernähren würde. Sie fraß sie bei lebendigem Leibe auf, die Organe, die Haut. Stück um Stück.

Was hatte diese Höllenkreatur in sie gepflanzt, dass sie zum Nährboden werden sollte? Luft. Atmen, sie musste doch atmen. Aber da war keine Luft mehr. Es war, als läge sie bereits im Grab. Keuchend taumelte sie zum Schreibtisch hinüber, schon griff sie, der Ohnmacht nahe, nach der Glocke, um nach Hilfe zu läuten, stieß dabei aber das Kästchen mit den Stiften und der Tinte um und alles fiel zu Boden. Überall lagen die Scherben. Und Blut. Ihre Hand war zerschnitten. Der Schmerz war gleißend, wie ein Stromschlag. Sie würgte. Da, der Brieföffner. Sie sollten doch das Kind nicht bekommen, die Schatten. Sie musste dazwischengehen. Das war doch ihre Pflicht als Mutter! Ihre heilige Pflicht! Das Bett, da war das Bett und die

Schatten und Mary spürte den festen Marmorgriff des Stiletts in ihrer Hand …

»Mama?«, fragte das Kind, das durch den Lärm aufgewacht war.

»Scht«, presste Mary hervor, »schlaf jetzt. Es ist alles gut.«

Ohne auch nur die Augen zu öffnen, schlief das Kind wieder ein. Sie konnte seine ruhigen Atemzüge hören. Der Bann war gebrochen. Erschöpft ließ sie den Brieföffner fallen, zog sich am Stuhl hoch und setzte sich schließlich. Ihr war immer noch übel und der Würgreiz war kaum zu bezwingen. Ein paar Minuten und es würde ihr sicher besser gehen. Sie musste nur sitzen bleiben. Hier.

Mary starrte auf ihre blutverschmierten Hände und legte sie schließlich auf ihren Bauch. Alles war still. Nichts bewegte sich mehr. Langsam atmete sie aus. Und ein. Und aus.

Sein schwerster Fall

»Wir gratulieren Ihnen zum Erwerb der elektrischen Lichterkette ›Weihnachtszauber‹. Bitte folgen Sie nun der Anleitung Schritt für Schritt, wenn Sie die Lichterkette an das Stromnetz anschließen.«

Er hatte wirklich Besseres zu tun, als Lichterketten zu installieren. Wer war er denn, dass er sich mit so etwas wie der Dekoration des Hauses befassen musste? Und überhaupt – was hatte Bess sich eigentlich dabei gedacht, eine Lichterkette mit dem Namen »Weihnachtszauber« zu kaufen? Für Chanukka! Ausgerechnet. Über den Preis für dieses Ding wollte er besser gar nicht erst nachdenken. Sie hatte sicher ein Vermögen dafür ausgegeben. Als ob da nicht ein neunarmiger Leuchter gereicht hätte. Bei aller Liebe.

»Schritt 1: Bitte stellen Sie sicher, dass der Anschluss frei zugänglich und voll intakt ist.«

Er hasste es, Bedienungsanleitungen zu lesen. Das kostete nur Zeit, Zeit die er in Sinnvolleres investieren wollte.

»Schritt 2: Beachten Sie die Spannung des Stromanschlusses, die der des Produkts entsprechen sollte.«

Spannung war sein Steckenpferd. Damit kannte er sich aus. Aber von Elektrik hatte er keine Ahnung. Und nach eingehender Prüfung der Lichterkette sowie des Stromanschlusses konnte er zweifelsfrei sagen, dass er keine Ahnung hatte, ob die zwei dieselbe Spannung aufwiesen.

»So, was noch?«, murmelte er leise vor sich hin, während er die Anleitung in seinen Händen hin und her drehte.

»Die Lichterkette der Marke ›Weihnachtswunder‹ leuchtet in den Farben Grün, Gelb, Rot, Blau und Violett.«

Na, wunderbar. Nun würde sein Haus zu Chanukka in quietschbunten Farben erstrahlen. Was wohl seine Mutter dazu gesagt hätte? Er seufzte einmal tief, dann begann er damit, die Kette auseinanderzuziehen. Bess hatte ihn gebeten, die Lichter am Treppengeländer anzubringen. Sie wollte damit wohl ihre Schwägerin beeindrucken, was ihm ja an und für sich egal sein konnte, hätte sie ihn nicht dazu abgestellt, mit diesem Monstrum aus Kabeln und Lämpchen das Innere ihres Hauses zu verschönern.

Wo war jetzt gleich der Anfang? Der musste da

sein, wo der Stecker dranhing. Und wo war jetzt noch gleich der Stecker? Er zog schließlich an einem Ende des Kabels an – und das Unheil nahm seinen Anfang. Denn was er nicht bedacht hatte, war die Tatsache, dass sein linker Fuß noch in der Mitte der geteilten Kette stand. Im Nu hatte sich das Kabel wie eine Schlinge um seinen Schuh festgezogen und die Lämpchen hatten sich ineinander verzahnt. Als er sich hinunterbeugte, um die Schlinge zu lösen, verhakten sich auch noch seine Hosenträger im Kabel. Nun ließ sich die Lichterkette weder von seinem Fuß lösen noch konnte er sich wieder aufrichten.

»Also wirklich, wenn Gott einen Ungläubigen strafen will, schickt er ihm eine Lichterkette«, schimpfte er.

Mit aller Gewalt riss er sich die Kette vom Rücken, wobei ihm plötzlich eine der Lampen ins Auge stach.

»Autsch!«, schrie er und fuchtelte mit der Hand vor dem eigenen Gesicht herum, um die vorwitzige Glühbirne daraus zu vertreiben. Allein, es wollte ihm nicht gelingen, weil sich die Kette nun vorne im Hosenbund verfangen hatte. Damit war er einmal von hinten nach vorne verschnürt, wobei ihm der Rest des Kabels zwischen den Beinen baumelte, wie ein lächerlich dünner Schwanz, dem eines Lemurenäffchens nicht unähnlich.

In ihm schwoll eine Welle des Zorns an und mit aller ihm zur Verfügung stehenden Kraft riss er mit beiden Händen an der Lichterkette, um sich endlich zu befreien. Es machte alles nur noch schlimmer, denn ohne es zu wollen hatte er sich damit Mittelfinger, Ringfinger und den kleinen Finger der rechten Hand abgeschnürt. Es tat höllisch weh.

»Bess?«, rief er. »BESS!«

Da fiel ihm ein, dass seine Frau auf einen Sprung zu den Nachbarn hatte hinübergehen wollen. Er war also allein im Haus. Was bedeutete, er musste sich selbst aus dieser misslichen Lage befreien.

Tief durchatmen! Alles halb so schlimm. Hatte er nicht vorhin auf dem Küchentisch ein Brotmesser liegen sehen? Er würde sich jetzt in die Küche bewegen, das Messer nehmen und das Kabel einfach zwischen seinen Händen durchritzen. Das würde Bess ihm zwar nicht verzeihen, aber so konnte es ja wohl nicht weitergehen.

Mit einigen kräftigen Sprüngen hüpfte er in Richtung Küche hinüber. Da kam er allerdings nie an, denn auf halbem Weg verfing sich der zwischen seinen Beinen baumelnde Rest der Lichterkette im Schirmständer und brachte ihn schließlich zu Fall. Es hätte nicht viel gefehlt und er wäre mit dem Gesicht flach auf den Boden aufgeschlagen, aber zu seinem Glück lag einer dieser hässlichen flauschigen Teppiche, die Bess erst letztes Jahr erstanden hatte, im Flur herum und auf dem kam sein Kopf zu liegen.

Was leider auf ihm selbst zu liegen kam, war der Garderobenständer, den der Schirmständer mitgerissen hatte. Der obere Teil traf ihn am Kopf, der Rest des Ständers fiel der Länge nach auf seinen Rücken, der Fuß schließlich verhedderte sich im Rest des Kabels, das auch den Schirmständer umgeworfen hatte. Derart begraben unter seiner eigenen Garderobe war er endgültig zur Immobilität verdammt.

Gefesselt, geknebelt und geschlagen vom »Weihnachtszauber« hatte er nun Gelegenheit, über seine Situation nachzudenken. War dies allen Ernstes das Schicksal, das alle amerikanischen Frauen und Männer ereilte, die sich mit dem Anbringen einer Lichterkette beschäftigten? Oder war es ganz und gar seine Schuld, dass er in dieser Lage war? Wie gern hätte er den Hersteller des »Weihnachtszaubers« verflucht, aber, verdammt, wenn sich einer aus dieser Lage befreien können sollte, dann doch wohl er! Das hier war immerhin sein Fachgebiet.

Er unternahm einen letzten, verzweifelten Versuch, wenigstens seine Hände freizubekommen. Er wand und rekelte sich wie ein Aal, setzte statt auf Kraft auf Geschicklichkeit und tatsächlich schaffte er es, die linke Hand zumindest unter seinem gefesselten Körper hervorzuziehen. Wenn er jetzt nicht lockerließ, dann würde er über kurz oder lang die Hand zur Gänze aus der Lichterkette befreit haben. Nicht aufgeben war also die Devise! Er hielt die Luft an und versuchte gerade, sich liegend um die eigene Achse zu drehen, um so den Zug auf das eine Ende des Kabels zu verringern, als plötzlich die Haustür aufging und Bess im Flur stand.

»Harry Houdini, was zum Kuckuck treibst du da? Wehe, du machst die Kette kaputt! Die hat ganze fünfundvierzig Dollar gekostet! Ich werde es sicher nicht gestatten, dass du sie für eine deiner Entfesselungsnummern verwendest! Mach, dass du da herauskommst. Aber schnell!«

Dann schritt Bess über seinen gefesselten Körper hinweg und ging in Richtung Küche, eine kleine Schachtel in der Hand balancierend.

»Ich habe Apple Pie mitgebracht. In zehn Minuten gibt es Kaffee und Kuchen. Und ich erwarte, dass du bis dahin dein Chaos aufgeräumt und die Kette dort angebracht hast, wo sie hingehört. Verstanden?«

Sie schloss die Küchentür hinter sich und Houdini blieb allein zurück, gefangen in einem Albtraum aus Kabeln und bunten Glühlampen. Etwa einen halben Meter von sich entfernt konnte er die Bedienungsanleitung der Lichterkette auf dem Fußboden ausmachen. Vom aufgebogenen Cover zwinkerte ihm ein dicklicher Weihnachtsmann zu. Darunter stand in großen schwarzen Lettern: »Pure Magie!«

Der Weihnachtsmann trug, wie üblich, eine rote Zipfelmütze mit weißem Pelzbesatz und einen roten Mantel. Er wirkte eigentlich ganz freundlich, wenn, ja wenn da nicht dieses Funkeln in den Augen des dicken alten Herrn gewesen wäre, ein Funkeln, das man leicht als bösartig und heimtückisch interpretieren konnte. Das war er also, dachte Houdini und gab sich endgültig geschlagen. Er hatte seinen Meister gefunden.

Die Märtyrerin

Da war jemand in ihrer Zelle. Johanna konnte deutlich seinen Atem hören. Sie schlug, mit einem Mal hellwach, die Augen auf und sprang hoch, kam sofort auf beiden Füßen zu stehen, griff sich das lose Brett, das die Mitte ihrer Pritsche abdeckte, und schlug zu. Der Angreifer ging zu Boden.

»Verfluchte Scheiße!«, stöhnte eine tiefe Stimme. »Lass das doch, Johanna! Ich bin's!«

»Wer ist ich?«, fragte Johanna, das Brett immer noch in der Hand und bereit, jederzeit erneut zuzuschlagen. Sie war zwar eine Gefangene, aber das bedeutete nicht, dass sie alles mit sich machen ließ, was diese Engländer von ihr verlangten.

»Leg endlich dieses Brett weg!«, forderte sie die Stimme auf.

»Nein!«, rief Johanna. »Zeigt Ihr erst Euer Gesicht!«

Noch immer leise vor sich hin fluchend richtete sich die Gestalt in der Dunkelheit der Zelle auf und trat schließlich zwei Schritte nach vorne ins Mondlicht, das durch ein vergittertes Fenster fiel.

»Und, zufrieden?«, wollte die Gestalt von Johanna wissen. »Erkennst du mich jetzt endlich wieder?«

Johanna ließ das Brett, das sie mit den Fingern umklammert hielt, langsam sinken und betrachtete das Wesen vor sich genauer. Es hatte ein Gesicht wie ein Mensch, auch einen Körper, aber das hinter seinen Schulterblättern waren zweifellos Flügel. Außerdem sonderte die Gestalt ein ganz eigentümliches Licht ab, silbrig und hell und gleichzeitig voller Wärme, was wahrscheinlich an der mit Goldbrokat besetzten weißen Kleidung lag.

»Bist du es wirklich?«, fragte Johanna ungläubig.

»Ja, ich bin's, der Heilige Geist. Ganz zu Diensten, schöne Jungfrau.«

Da fiel Johanna auf die Knie.

»Oh, Heiliger Geist, dessen Gegenwart zu erfahren ich nicht würdig bin: Verzeih mir meine Sünde!«

»Ja, also, das ist nicht wirklich mein Gebiet«, sagte der Heilige Geist. »Ich bin heute eigentlich nur hierhergekommen, um dich aus der Gefangenschaft zu befreien. Und weil ich heute dummerweise Feiertagsdienst hab. Ist ja schließlich Heiligabend.«

Johanna schluchzte leise. »Wie sehr habe ich darum gefleht, dass mich Gott aus dem Gefängnis befreit und nun wird es tatsächlich wahr! Ich kann es kaum glauben!«

»Glaub es ruhig, mein Kind«, sagte der Heilige Geist.

»Wirst du nun die Gitterstäbe vor meinem Fenster verschwinden lassen oder die Wachen in den Schlaf schicken, damit ich unbemerkt entkommen kann?«

»Ähm, nein«, gab der Heilige Geist zu. »Der Plan war eigentlich ein anderer.«

»Ich folge dem Plan Gottes!«

»Ja, ja, dem folge ich auch, unbedingt sogar!«, pflichtete ihr der Heilige Geist bei. »Nur enthält dieser Plan keine verbogenen Gitterstäbe.«

»Was soll denn dann mit meinem geschundenen Selbst geschehen?«

Der Heilige Geist kratzte sich kurz am Kopf, deutete schließlich auf die halb zerlegte Pritsche aus fauligem Holz und fragte: »Kann ich mich mal setzen?«

»Gewiss!«, antwortete Johanna und schob schnell die herausgerissene Latte dahin zurück, woher sie sie genommen hatte. Gleich darauf nahm der Heilige Geist Platz auf der Pritsche.

»Ah, besser«, stellte er fest, »bin schon so lange auf den Beinen.« Dann räusperte er sich. »Nun, mein Kind: Gottes Plan sieht vor, dass du deinen kriegerischen Ambitionen öffentlich abschwörst und bekennst, dass du niemals den Heiligen Geist oder irgendwelche anderen Heiligen oder Engel gesprochen oder gesehen hast, die dich dazu ermutigt haben, den Dauphin im Kampf gegen die englischen Besatzer zu unterstützen. Außerdem will Gott, dass du dich weiterhin nur noch in Frauenkleidern zeigst und an keiner kriegerischen Auseinandersetzung mehr teilnimmst. Und zu guter Letzt wirst du dich zum einzig wahren Glauben bekennen. Dann, so der Plan, werden die Engländer dich bald freilassen und du kannst deiner Wege gehen.«

Johanna begann, unruhig in ihrer Gefängniszelle auf und ab zu gehen.

»Das ist es, was Gott von mir verlangt? Er will, dass ich lüge, dass ich alles leugne?«

»Jepp, genau das«, stimmte ihr der Heilige Geist zu.

»Das kann ich nicht glauben!«, rief Johanna verzweifelt aus.

»Aber was wäre denn die Alternative?«, fragte der Heilige Geist. »Auf dem Scheiterhaufen als Ketzerin verbrannt zu werden?«

»Wenn es sein muss, dann ja!«, rief Johanna leidenschaftlich.

»Aber, liebes Kind, glaubst du allen Ernstes, Gott will, dass du für ihn stirbst?«

»Aber natürlich!«, sagte Johanna. »So wie alle Märtyrer.«

»Ach ja, die Märtyrer«, stöhnte der Heilige Geist auf. »Das ist so ein ganz wunder Punkt. Weißt du, Gott hat ja in Wahrheit von keinem von denen verlangt, sich für ihn zu opfern. Das haben die ganz alleine so entschieden. Der Einzige, den er je geopfert hat, war Jesus, sein eigen Fleisch und Blut, und das verzeiht ihm Maria bis heute nicht. Obwohl er ihn ja wieder hat auferstehen lassen. Aber Mütter sind da nun einmal etwas nachtragend. Da kann man eben nichts machen. Das muss man verstehen.«

Johanna starrte den Heiligen Geist ungläubig an und dieser redete einfach weiter, mehr zu sich selbst als zu Johanna.

»Ich hab da wohl ein etwas schlechtes Gewissen, immerhin war ich nicht ganz unschuldig an der Sache. Ohne mich keine jungfräuliche Schwangerschaft, kein Jesus und daher auch kein Tod am Kreuz. Aber Maria sieht das halt etwas anders. Und hält mir das seit mehr als vierzehnhundert Jahren vor. Grad jetzt, zu Weihnachten, da kommt das immer alles wieder hoch. Irgendwann ist es ja auch mal gut, sag ich immer, aber sie nicht. Oh nein! Sie muss immer wieder darauf herumreiten! Und dann kriege ich vom vielen Gemecker schlechte Laune und esse zu viel. Hab schon wieder zugenommen. Und alles von dieser doofen Geschichte damals in Bethlehem, nur weil ich auf Anweisung von oben mit ihr …«

Jetzt reichte es Johanna. »Niemals werde ich verleugnen, mit den Heiligen und Engeln gesprochen zu haben! Niemals, hört Ihr?!«

»Ach, Mädchen! Wem nützt dein Tod denn etwas? Du könntest hier ganz bequem hinausmarschieren und ein schönes Leben haben, so mit Mann und Kindern und einem Haus, wenn du einfach deinem Irrglauben abschwörst und aufhörst, die Engländer zu verärgern.«

»Wer sagt denn, dass ich das will?«, fragte Johanna. »Wer sagt denn, dass Mädchen immer heiraten müssen und Kinder kriegen und einen Haushalt führen? Was ist, wenn ich lieber in die Schlacht ziehen will, um für ein freies Frankreich zu kämpfen, einfach weil ich es kann? Und zwar genauso gut wie ein Mann!« Und sie fügte hinzu: »Ich würde sterben für die Freiheit!«

»Und da haben wir es schon wieder!«, sagte der Heilige Geist. »Immerzu sterben und töten und kämpfen. Es gibt doch noch etwas anderes im Leben, Kind!«

»Nicht für mich!«, rief Johanna. »Ich opfere mich für mein Land!«

»Ui«, stöhnte der Heilige Geist. »Na gut, wenn das so ist …«

»Ja, so ist es!«, bekräftigte Johanna ihre Aussage.

»Dann bleibt mir nichts anderes übrig, als dich wieder zu verlassen. Frohes Fest noch.«

Der Heilige Geist stand von der Pritsche auf, hob seine Hand, als wollte er Johanna segnen, ließ es dann aber sein und spazierte aus der unverschlossenen Zelle hinaus. Sogleich wurde von den davor wartenden Wächtern die Zellentür verriegelt und der Heilige Geist konnte beobachten, wie Johanna betend auf die Knie sank.

»Und, Herr Pfarrer«, flüsterte einer der Wächter leise, »hattet Ihr Erfolg?«

»Nein«, antwortete der Pfarrer, der sich die aus Schwanenfedern gefertigten Flügel vom Rücken schnallte, »das Mädchen ist komplett verstockt. Da kann man wohl nichts mehr machen.«

Dann stopfte er die Flügel unter den Arm, wünschte den Wachen noch einen frohen Feiertag und stieg langsam die Treppen hinauf aus dem dunklen, feuchten Gefängniskeller, in den man Johanna von Orléans eingesperrt hatte und den sie nie mehr als freie Frau verlassen sollte.

Das Omen

»Captain? Das Boot ist bereit. Wir können jetzt ausschiffen.«

»Danke.«

Cook blieb weiter mit dem Kopf über die Karten gebeugt in seiner Kajüte stehen und rührte sich nicht. Er musste die Route für die nächsten Tage festlegen. Die Männer sollten nicht den Eindruck bekommen, dass dieser Landaufenthalt lange andauern würde. Er wollte weiter und das bald.

»Captain?«

Jetzt endlich sah Cook auf. »Was ist denn, Gore?«

»Es wird Zeit. Die Männer wollen feiern.«

»Feiern?«, fragte Cook abwesend.

»James«, antwortete John Gore sanft, »heute ist Heiligabend. Hast du das etwa schon wieder vergessen?«

»Nein, mein Freund«, antwortete Cook, gab sich geschlagen, ließ endlich seine Instrumente auf dem Tisch liegen, schlug John Gore auf die Schulter und folgte ihm schließlich hinaus aus der stickigen Kajüte in die frische Abendluft.

Während er hinabkletterte in das Beiboot, warf er einen kurzen Blick hinüber zur »Discovery«, die unweit seines eigenen Schiffs, der »Resolution«, ankerte. Alles wirkte so friedlich. Er konnte sogar das Lachen einiger Matrosen hören, die noch drüben auf dem Schiff waren. Der Wind trug die Stimmen bis zu ihnen herüber. Cook nahm schließlich Platz im Boot und John Gore setzte sich neben ihn.

»Wir sollten heute vielleicht etwas Rum an die Männer ausschenken lassen«, sagte Cook. »Immerhin ist ja morgen Weihnachten.«

»Das hab ich längst veranlasst, James«, antwortete Gore lachend.

»Ach so? Na, dann wundert es mich nicht, dass die Stimmung auf der »Discovery« so heiter ist.«

»Lass sie, James«, sagte John Gore nur, »Charles hat seine Leute gut im Griff.«

»Ja«, stimmte Cook ihm zu, »Charles Clerke ist ein guter Mann.«

Gore deutete mit dem Finger auf den Strand, den ihr kleines Boot nun ansteuerte. »Schau, James«, sagte er, »sie haben dir zu Ehren schon das Feuer entzündet.«

»Ich bitte dich«, gab Cook zu bedenken, »das tun sie doch nicht mir zu Ehren! Die wollen ihre

Fische braten und einen warmen Hintern in der Nacht. Das ist alles.«

Gore lachte. »Warum denn so zynisch, Captain? Die wollen feiern, ja, aber sie feiern ihren Kapitän dafür, dass er heute neues Land entdeckt hat.«

Cook sah zufrieden auf den hell erleuchteten Strand und die Männer, die sich dort schon um die Feuer versammelten.

»Es war ein guter Tag!«, stimmte er Gore zu.

Wenig später setzte er seinen Fuß auf die Insel, die er gerade erst in seine Landkarten eingetragen hatte. Es war, als wäre sie erst durch diese wenigen Striche auf Papier Wirklichkeit für ihn geworden. Und nun stand er bereits auf festem Boden, von dem gestern noch niemand auf der großen, weiten Welt gewusst hatte, dass er überhaupt existierte.

»Ein Hoch auf Captain Cook!«, schrien die Männer, die seiner nun gewahr wurden, und warfen ihre Hüte in die Luft.

»Bringt unserem Kapitän einen ordentlichen Becher Rum!«, forderte einer der Matrosen.

Gleich wurden Cook und John, der dicht hinter ihm folgte, Becher in die Hand gedrückt. Offensichtlich erwartete man eine Rede von ihm. Also hielt er kurz entschlossen den Becher in die Höhe und rief: »Auf die Entdecker der Meere, wo immer sie ihr Weg auch hinführt!«

»Auf die Entdecker der Meere!«, echote ein Chor aus Männerstimmen.

»Und auf unseren König! Gott schütze ihn!«

»Gott schütze den König!«

Aber dann ging es wohl ein wenig mit ihm durch und Cook rief: »Auf euch, ihr Zitronenfresser!«

»To the Limeys!«, war die einstimmige Antwort.

Schließlich wandte er sich zu John Gore um und fragte: »Zufrieden?«

»Bestens«, sagte dieser und kippte seinen Rum hinunter, während Cook nur daran nippte und dann den Rest unbeobachtet in den Sand rinnen ließ. Er wollte einen klaren Kopf behalten. Sie hatten viel zu tun in den kommenden Tagen. Wenn möglich, wollte er den neuen Inselarchipel innerhalb eines Tages umrunden, um ihn zu vermessen und dann bald weiterziehen. Allerdings – wo sie nun schon einmal da waren, würde es sicher von Nutzen sein, die Insel etwas zu erkunden und nach Frischwasser und Nahrung abzusuchen.

James Cook konnte Charles Clerke, den Captain der »Discovery«, in der Menge erspähen und gesellte sich zu ihm.

»Charles, konnten deine Männer heute tatsächlich Kokospalmen ausmachen?«

Clerke grinste. »Dir auch ein frohes Weihnachtsfest, James!«

»Jaja«, antwortete dieser. »Und was hat es nun mit den Palmen auf sich?«

Für einen Augenblick wurde Clerke ernst und antwortete: »Vancouver und Zimmermann haben gemeint, sie hätten Kokospalmen gesichtet. Wir werden uns das morgen einmal genauer ansehen. Wäre ja eine gute Nahrungsergänzung für uns.«

»In der Tat«, stimmte ihm Cook zu. »Und nicht nur das. Ich meine, es wäre vielleicht auch ein Hinweis auf Bewohner der Insel.«

»Ja, das wäre es«, stimmte ihm Clerke zu. »Hältst du es denn auch für möglich, dass es noch Einwohner gibt?«

»Nein«, sagte Cook, »die wären längst hier aufgetaucht, um uns von ihrem Strand zu vertreiben.«

»Als ob das etwas nützen würde«, sagte Clerke leichthin. »Überhaupt können diese Wilden froh sein, dass sie die Britische Krone unterwirft. Stell dir nur vor, diese unkultivierten Amerikaner würden hier als Erste landen und die Insel für sich beanspruchen …«

»Lass das bloß nicht John Gore hören!«, sagte Cook. »Wie du weißt, ist er halber Amerikaner.«

Um die Feuer kehrte langsam Ruhe ein. Die Männer hockten sich nieder, hielten die heute gefangenen Fische auf Stecken ins Feuer, nippten an ihrem Rum und wirkten alles in allem sehr zufrieden mit sich und der Welt. Schließlich holte einer der jüngeren seine Flöte heraus und stimmte ein Weihnachtslied an: *God Rest You Merry, Gentlemen.* Nach und nach fielen die Männer ein und sangen mit. Und es blieb nicht bei dem einen Lied. Immer lauter und immer fröhlicher wurde der Gesang, bis schließlich um die Feuer herum getanzt wurde.

Cook und Clerke gesellten sich wieder zu John Gore und den anderen Offizieren und nahmen an ihrer eigenen Feuerstelle Platz, von wo aus sie dem bunten Treiben der Matrosen zusahen.

»Die Männer sind fröhlich heute Nacht!«, stellte John Gore fest.

»Wie auch nicht? Es ist ja schließlich Weihnachten«, sagte Clerke.

Und Heinrich Zimmermann, der deutsche Forscher, fügte hinzu: »Habt ihr gar kein Heimweh? Ich vermisse heute Abend wenigstens den Stollen meiner Mutter.«

»Was ist Stollen?«, wollte Gore wissen.

»Ach, ein süßes Gebäck mit Rosinen«, erklärte Zimmermann und schaute voller Sehnsucht hinauf in die Sterne.

Cook starrte gedankenverloren ins Feuer und nahm bald um sich herum nicht mehr viel wahr. Die Gespräche seiner Mitreisenden und die Musik vermengten sich mit dem Rauschen der Wellen, die an den Strand schlugen, und er war gänzlich mit sich und seinen Gedanken beschäftigt, sodass er nicht einmal den jungen Matrosen bemerkte, der sich ihm von hinten genähert hatte. Es war einer der indischen Schiffsjungen, die sie mit an Bord genommen hatten. Plötzlich regnete es kleine Stücke Zitronen über Captain Cooks Haupt.

»Was zur Hölle soll das denn?«, wollte John Gore wissen.

Auch Heinrich Zimmermann wirkte mit einem Mal ganz entrüstet, und es hätte nicht viel gefehlt und er wäre dem jungen Mann an die Gurgel gegangen. Einzig Cook konnte sich offensichtlich einen Reim darauf machen.

»Lasst ihn nur«, beruhigte er seine Mitreisenden. »In Indien bedeutet es, dass man demjenigen Glück wünscht und versucht, alles Böse von ihm fernzuhalten.«

»Nun«, sagte Heinrich Zimmermann, »in meiner Heimat bedeutet es etwas gänzlich anderes.«

»So?«, fragte Cook, der sich die Zitronenstücke vom Rock putzte. »Was bedeutet es denn in Deutschland, wenn man eine Handvoll Zitronen über seinem Captain auskippt?«

Alle lachten. Alle bis auf Zimmermann.

»Zitronen gibt man den Toten mit ins Grab«, sagte Zimmermann leise. »Es ist ein böses Omen.«

Der junge Inder schüttelte vehement den Kopf und begann zu versichern, dass er seinem Kapitän nur Glück wünschen wollte, doch die festlich aufgeräumte Stimmung war mit einem Mal dahin.

»Schon gut«, sagte Cook, um den Mann zu beruhigen, »ich glaube dir ja. Jetzt geh aber zurück zu den anderen.«

Zögernd trat der Inder den Rückzug an. Um das Feuer herum herrschte plötzlich angespannte Stille. Cook konnte förmlich fühlen, wie die Angst den anderen in ihre Herzen und Köpfe kroch. Seefahrer waren nun einmal unfassbar abergläubisch, selbst die, die es besser wissen sollten, so wie Zimmermann, der ja immerhin ein Mann der Wissenschaft war. Er würde also etwas tun müssen, um den Abend zu retten und die Geister zu vertreiben.

Cook griff sich den vollen Rumbecher von Clerke,

stand schließlich auf und bat alle Anwesenden um Ruhe.

»Männer«, rief er in die Stille der Nacht hinein, »ich möchte euch jetzt den Namen dieser Insel bekannt geben, die wir heute entdeckt haben.« Angespannte Stille machte sich breit. Schließlich griff Cook mit den Fingern in den Becher und spritzte ein paar Tropfen Rum in den trockenen Sand. »Hiermit taufe ich diese Insel auf den Namen Weihnachtsinsel!«

Jubel wurde laut und John Gore, der sich nun hinter seinen Kapitän stellte, sagte: »Das ist ein guter Name, Captain.«

Doch keiner der anwesenden Männer konnte sich des Gefühls erwehren, dass sich an diesem Abend Unheil über sie gelegt hatte.

Tausend Rosen

Er pfiff. Dieser Mann hatte allen Ernstes die Nerven, sich unter ihr Fenster zu stellen und ein Lied zu pfeifen. Und zwar nicht irgendein Lied, nein, es war ein griechisches Schwalbenlied, ganz so, als käme er in ihr Nest zurückgeflogen, nachdem er nur eine Weile fort gewesen war. Oh, dieser unsägliche, dieser schreckliche, dieser entsetzliche …! Sie könnte vor Wut schier aus der Haut fahren! Und das, wo doch überall Fotografen und Journalisten herumlungerten und nur darauf warteten, dass so etwas passierte! Und was tat er? Er pfiff. Stand einfach unter ihrem Fenster wie ein verliebter Jüngling und pfiff. Ja, war denn das zu fassen?

Irgendwann wurde es Maria zu bunt und sie öffnete das Fenster.

»Ari, du schrecklicher Mensch. Hör auf zu pfeifen!«

Da hob er nur den Kopf und brüllte: »Dann lass mich rein, Maria! Es ist saukalt hier draußen.«

»Nein, verdammt!«, rief sie.

»Doch, verdammt!«, entgegnete er.

»Es ist Weihnachten«, rief sie noch lauter, »lass mir doch wenigstens heute meinen Frieden!«

Seine Antwort war ein erneutes Pfeifen, diesmal ein griechisches Hochzeitslied. Das war ja zum Verrücktwerden! Er würde noch das ganze Viertel aufwecken. Was blieb ihr also anderes übrig, als endlich auf den Summer zu drücken, der die Eingangstür öffnete? Dreißig Sekunden später stand er im Flur ihrer Pariser Wohnung.

»Guten Abend, Agapi mou«, sagte er seelenruhig. »Schön, dich zu sehen. Hast du etwas zu trinken im Haus?«

»Du machst mich zum Gespött!«, war ihre Antwort. Dann drehte sie sich auf dem Absatz um und ließ ihn einfach im Eingangsbereich ihrer Wohnung stehen, während sie ins Wohnzimmer stürmte. Langsam kam er hinterher. Und so sehr sie sich auch zurückhalten wollte, sie schaffte es nicht. Die Vorwürfe und Anschuldigungen purzelten ihr einfach so aus dem Mund heraus.

»Was hast du dir nur dabei gedacht? Warum diese Frau? Warum, Ari? Und dabei habe ich so lange auf dich gewartet. Und meine Karriere! Oh, was habe ich dir nicht alles geopfert! Und du? Wie dankst du es mir? Du heiratest sie!«

»Hast du Eis im Haus?«, fragte er. »Ich hätte sehr gerne einen Gin Tonic on the rocks.«

»Ich habe weder Eis noch Gin noch Tonic in meinem Haus!«, ereiferte sie sich. »Du weißt, dass ich keinen Alkohol trinke.«

»Zu schade«, murmelte er, ging in die Küche, kam kurz darauf mit einem Glas zurück, stellte es auf dem Couchtisch ab, griff in seine rechte Jacketttasche und zog einen Flachmann mit Gin heraus, aus dem er großzügig ins Glas schenkte. Dann griff er in die linke Jacketttasche und förderte eine kleine Glasflasche mit Tonicwater zu Tage, die er ebenfalls ins Glas leerte. Anschließend ließ er sich ins Sofa fallen und trank seinen Gin Tonic in einem Zug aus, während Maria im Raum auf und ab lief.

»Ich lasse mich scheiden«, sagte er schließlich.

Da blieb sie abrupt stehen. »Du tust was?«

»Du hast mich schon gehört«, sagte er. »Die Ehe mit Jackie war ein Fehler.«

»Und nun glaubst du, du kannst hier einfach so bei mir ankommen und so tun, als ob nichts gewesen wäre?« Sie konnte es nicht fassen. »Aristoteles Onassis, du bist doch wirklich das größte Arschloch unter der Sonne!«, schimpfte sie.

»Möglich«, sagte er ganz ruhig. »Aber ich liebe

dich. Das hab ich immer getan, Agapi mou. Und das werde ich auch immer tun. Auf meine Weise.«

Onassis schloss die Augen und Maria konnte sehen, wie müde er war. Sein Gesicht war fahl und grau, die Tränensäcke unter den Augen waren riesig. Er war in den letzten Jahren stark gealtert. Aber – er war hier. Bei ihr.

»Und was mach ich nun mit dir?«, fragte sie plötzlich ganz sachlich.

Da schlug er wieder die Augen auf hinter seinen dicken Brillengläsern. »Ich bin nicht hierhergekommen, weil ich mir etwas von dir erwarte«, sagte er.

»Weshalb bist du dann hergekommen?«, wollte Maria wissen.

»Es ist Weihnachten, mein Liebling. Niemand ist gerne allein an diesem Tag. Deshalb bin ich hier.«

»Na, wunderbar. Du kreuzt hier mitten in der Nacht auf, nach Jahren des Schweigens, weil mit mir zusammen zu sein immer noch besser ist als einsam zu sein?«, fragte sie bitter. »Herzlichen Dank auch.«

»Nein«, sagte er ganz ruhig, »weil ich stets einsam bin, wenn ich nicht bei dir bin. Deshalb. Ich war es immer und ohne dich werde ich es immer sein.«

»Du hast eine Ehefrau«, erinnerte sie ihn.

»Als ob du nicht wüsstest, wie einsam man sich in einer Ehe fühlen kann«, entgegnete er.

Und da hatte er sie. Warf einfach so den Haken aus und schon hatte sie angebissen. Dass er das immer noch schaffte, nach all den Jahren! Maria gab ihren Widerstand auf, ging zum Sofa hinüber, ließ sich neben Aristoteles in die Polster fallen und starrte auf das leere Gin-Tonic-Glas vor sich. Schließlich griff sie nach seiner Hand, die neben ihr ausgestreckt auf dem Sofa lag, und er tastete nach ihren Fingern, umschloss sie sanft mit seiner Pranke und hielt sie fest. Lange saßen die beiden so dort, sprachen kein Wort miteinander, sahen einander nicht einmal an. Sie hielten sich nur an der Hand und es dauerte gar nicht lange, da begannen sie wieder im selben Takt zu atmen. Ein und aus. Es war ganz einfach. Schließlich brach er das Schweigen.

»Darf ich heute Nacht hier bleiben?«

»Ich hol dir eine Decke und ein Kissen.«

Sie stand auf, ging ins Schlafzimmer, öffnete den Schrank, zog eine Wolldecke und ein Kissen hervor und zögerte kurz, bis sie schließlich tief hinter die Bettwäsche griff und eine halb leere Flasche Metaxa hervorholte. So beladen kehrte sie ins Wohnzimmer zurück.

Maria warf Kissen und Decke aufs Sofa, setzte sich, schraubte den Verschluss der Flasche auf und nahm einen großen Schluck. Dann reichte sie die Flasche an den erstaunten Onassis weiter.

»Metaxa? Allen Ernstes, Maria? So etwas trinkst du?«

»Wenn es dir nicht passt, darfst du gerne wieder gehen«, antwortete sie trocken.

Ohne ein weiteres Wort zu verlieren, setzte nun auch Onassis die Flasche an und nahm einen großen Schluck. Dann forderte er sie auf: »Komm unter die Decke!«

Sie schmiegten sich unter der alten Wolldecke aneinander, er stopfte sich das Kissen in den Nacken und schweigend tranken sie abwechselnd etwas von dem Metaxa, bis die Flasche fast leer war.

»So«, sagte Maria irgendwann, »jetzt bin ich betrunken genug, um dir zu sagen, was ich von dir halte, Ari.«

»Und ich bin betrunken genug, um dir zu sagen, was ich von dir halte«, sagte er.

»Notgeiles Schwein«, stieß Maria hervor.

»Selbstsüchtige Ziege.«

»Idiot!«

»Diva!«

»Wahnsinniger!«

»Hexe!«

»Teufel!«

Es entstand eine kurze Pause. »Ich liebe dich«, sagte er leise.

»Ich dich auch«, flüsterte sie.

Sie küssten einander, ganz vorsichtig, so als könnte ihrer beider gerade erst neu entfachte Bindung durch eine einzige falsche Bewegung gleich wieder zerstört werden.

»Ich hab dich so vermisst«, stellte er fest.

Sie biss sich beinahe auf die Lippen, weil sie nicht zugeben wollte, dass sie ihn tausendmal mehr vermisst hatte als er sie. Stattdessen sagte sie: »Und wie soll das nun weitergehen mit uns beiden?«

»Ich komm einfach wieder mit dir auf Tournee«, sagte Onassis. »Ich folge dir überallhin, wenn du willst, wie eines deiner Hündchen.«

»Ich singe nicht mehr, Ari«, stellte Maria klar. »Schon lange nicht mehr. Du hast mir alle Kraft zum Singen geraubt.«

»Dann würde ich vorschlagen, dass wir einfach hier bleiben.«

»Wo hier?«, fragte Maria. »In Paris?«

»Nein«, antwortete er, »hier auf diesem Sofa. Hier möchte ich sein. Mit dir. Für immer. Oder wie lange es halt dauert.«

Daraufhin hob Maria die Flasche mit dem restlichen Metaxa in die Höhe und sprach einen Toast aus: »So lange es halt dauert!«

»Frohe Weihnachten, Agapi mou«, sagte Onassis leise. Dann schloss er die Augen und begann laut zu schnarchen.

»Frohe Weihnachten, Ari«, flüsterte Maria, lehnte ihren Kopf an seine Schulter und schaute aus dem Fenster hinaus. Im Schein der Straßenlaterne konnte sie ein paar Schneeflocken beobachten, die in einem ihr unbekannten Rhythmus zu tanzen schienen.

Stunden später, es dämmerte bereits, wurde sie vom Klingeln an ihrer Wohnungstür geweckt. Schlagartig fiel Maria wieder ein, was gestern Nacht geschehen war. Sie betrachtete Onassis' zur Seite gekippten Körper, wie er da mit offenem Mund einen halben Olivenhain umsägte, und die leere Weinbrandflasche auf dem Couchtisch. Was um alles in der Welt hatte sie nur geritten, ihm die Tür zu öffnen, ihn wieder in ihr Leben zu lassen? Nach allem, was er ihr angetan hatte! Nach all dem Leid, den Kränkungen, der Demütigung durch seine Heirat mit Jackie! Und nun nahm sie ihn einfach wieder zurück? So dumm konnte sie doch nicht sein!

Da war es wieder, das Klingeln. Mühsam richtete sie sich auf und kam schließlich vom Sofa hoch. Wenn das jetzt irgendein Reporter war und man Onassis ausgerechnet bei ihr fand – nicht auszudenken, welchen Skandal das wieder geben würde! Und in Marias Kopf formte sich ein einziger Gedanke, bestehend aus einem einzigen Wort: Genug. Sie hatte genug von all den Dramen und den öffentlichen Hinrichtungen ihrer Person, sie hatte genug davon, stets nur herumgeschubst zu werden, von ihrer Mutter, von ihrem Vater, von ihrem ersten Ehemann und dann von Ari. Nein, wirklich, das war das Letzte, was sie jetzt brauchte! Er sollte nicht glauben, dass er nach all dem, was er sich geleistet hatte, einfach so zu ihr zurückkommen konnte. Das wäre ja noch schöner! Gleich nachher würde sie ihn rausschmeißen. Und dann brauchte er nicht mehr wiederzukommen. Sie hatte genug. Endgültig!

»Madame Callas«, hörte sie die Stimme ihrer Concierge rufen, »Madame Callas, bitte, es ist dringend.«

Maria strich sich mit den Händen die Haare glatt nach hinten und ging schließlich, noch leicht schwankend, zur Tür. Sie öffnete.

»Madame Callas«, sagte die Concierge verlegen und im Hauskleid, »es tut mir so unendlich leid, Sie am Weihnachtstag zu stören, aber da unten steht ein Lieferant mit tausend roten Rosen. Er sagt, die seien für Sie und er geht nicht eher weg, bis ich ihn eingelassen habe und nun weiß ich nicht, was ich …«

»Ist schon gut«, beruhigte Maria die Frau. »Noch mal ganz langsam. Was will der Herr liefern?«

»Tausend rote Rosen«, wiederholte die Frau.

Lieber Gott, dachte Maria, von wem die wohl stammten?

»Er soll sie hereinbringen«, sagte Maria, die der Meinung war, dass dies wahrscheinlich die schnellste Lösung war, ihre Concierge und den Lieferanten wieder loszuwerden. Sie schloss schnell die Tür zum Wohnzimmer, damit man Onassis nicht entdeckte, und ließ dann den Blumenmann herein. Schnell stapelten sich auf dem Fußboden, auf den Küchenflächen und in ihrem Schlafzimmer die Rosensträuße und alle waren sie mit der gleichen Karte versehen, auf der derselbe Wortlaut stand: »Für Maria, frohe Weihnachten, in ewiger Liebe, Dein Ari.«

Als alle Rosen verstaut waren, bat sie der Lieferant noch um eine Unterschrift. Maria unterzeichnete den Lieferschein und wollte schon die Tür hinter dem Mann schließen, als ihr etwas einfiel.

»Sagen Sie, wann wurde diese Lieferung denn in Auftrag gegeben?«

»Gestern, Madame«, sagte der Lieferant, ein junger Mann, vielleicht Anfang zwanzig, der offenbar keine Ahnung hatte, wer hier vor ihm stand. »War nicht billig«, fügte er hinzu. »Ich meine, tausend Rosen und noch dazu am Feiertag … Da hat Sie wohl jemand ziemlich gern.«

»Ich danke Ihnen«, sagte Maria, schob den Mann sanft auf den Gang hinaus, nachdem sie ihm aus ihrer Handtasche noch ein sattes Trinkgeld gegeben und ihm frohe Weihnachten gewünscht hatte, und schloss schließlich die Wohnungstür.

Gestern. Ari hatte diese Lieferung gestern in Auftrag gegeben, lange bevor er wissen konnte, ob sie ihm die Tür öffnen und ihn wieder in ihr Leben lassen würde. Maria sah auf eine der Karten. In ewiger Liebe stand da. Und plötzlich wurde ihr klar, dass er sich gar nicht so sicher gewesen sein konnte, dass sie ihn zurücknahm und wie sie auf sein neuerliches Werben reagieren würde und dass er es deshalb offenbar für nötig befunden hatte, ihr diese Blumen zu senden, nur um ihr zu zeigen, dass er sie immer noch liebte.

Leise öffnete sie die Tür zum Wohnzimmer, ging auf Zehenspitzen zurück zum Sofa, kroch unter die Wolldecke, schmiegte sich an ihn und lag dort, seinem Atem lauschend, bis die Wintersonne hell in ihr Wohnzimmer strahlte. Rausschmeißen, dachte Maria, konnte sie ihn ja auch morgen noch.

Venezia

»Nein!«

Das Kind hatte die Unterlippe vorgeschoben und die Augenbrauen eng zusammengezogen. Also versuchte sie es noch einmal mit aller ihr zur Verfügung stehenden Ruhe.

»Alessandro, würdest du bitte die Materialien zurück an ihren Platz bringen?«

»Nein!«

Freundlich bleiben, Maria! Das Kind muss sich verstanden fühlen. Also noch einmal.

»Alessandro, ich möchte, dass du die Rechenstäbe jetzt wieder in die Schachtel einräumst und an den Platz zurückbringst, von dem du sie dir genommen hast.«

»Nein!«

Unterlippe noch weiter vor, Arme verschränkt, mit dem Fuß stampfen – das ganze Programm.

»Schau mal, Alessandro, wenn du ein Spiel nimmst, dann möchtest du doch auch, dass das Kind, das zuvor damit gespielt hat, es ordentlich hinterlässt, nicht wahr?«

»Mir egal.«

Ganz ruhig, das wird schon.

»Sollen wir es vielleicht zusammen wegräumen?«

»Nein, mach du das.«

»Ich möchte gerne, dass du es mit mir zusammen machst.«

»Warum?«

»Damit du es später alleine tun kannst.«

Das Kind zog den Rotz in der Nase hoch und schüttelte dann den Kopf.

»Ich mach das aber nicht.«

So langsam kam sie am Ende ihrer Weisheit an. Aber einfach aufzugeben war ihre Sache nicht.

»Alessandro, noch einmal: Wer ein Spiel nimmt, der räumt es hinterher auch wieder weg. So sind die Regeln.«

»Blöde Regeln«, kommentierte das Kind ihre Aussage.

»Regeln helfen uns, besser miteinander umzugehen.«

Rotz, stampf, Unterlippe vor und, quasi als Dreingabe, Augen zu. Das Kind verweigerte sich komplett. Sanft berührte Maria ihn am Arm.

»Bitte, Alessandro, hör mir zu.«

Da hielt er sich auch noch die Ohren zu und Maria erkannte, dass die Montessori-Methode hier an ihre Grenzen stieß. Schließlich winkte sie einen älteren Buben herbei und bat ihn: »Mario, würdest du Alessandro bitte helfen, das Spiel wegzuräumen?«

Mario nickte nur, stapelte die Hölzchen des Rechenspiels in die dafür vorgesehene Box und trug anschließend alles an seinen Platz. Alessandro beeindruckte das wenig.

»Schau mal«, wandte sich Maria wieder an Alessandro, »jetzt musste Mario deine Sachen wegräumen. Findest du das in Ordnung?«

»Sì!«, war die Antwort. Dann drehte sich das Kind auf dem Absatz um und rannte in den Garderobenraum davon.

»Wie lange ist Alessandro schon bei uns in der Casa dei Bambini?«, fragte Maria eine ihrer Mitarbeiterinnen.

»Ein gutes Jahr«, informierte sie diese.

»Ich glaube, wir sollten nach den Weihnachtsfeiertagen mit den Kindern noch einmal über Ordnung sprechen«, sagte Maria. »Das Konzept scheinen noch nicht alle verinnerlicht zu haben.«

»Möglich«, sagte die Mitarbeiterin nur und gab sich alle Mühe, ein leichtes Grinsen zu unterdrücken, doch Maria entging natürlich nichts. Tadelnd sah sie die Frau an und diese senkte sofort den Blick.

Nun gut, das musste warten. Die Casa dei Bambini würde ab morgen einige Tage schließen, denn immerhin war Weihnachten und vielleicht taten ihr selbst ja ein paar freie Tage ganz gut. Heute Abend erwartete sie einige Gäste zum Abendessen und auf dem Heimweg würde sie noch ein paar Dinge einkaufen müssen. Also verabschiedete sich Maria von allen Kindern, auch von Alessandro, und den Mitarbeitern, wünschte ihnen frohe Feiertage und machte sich auf den Weg.

Beladen mit einem Kilogramm Kartoffeln und diversen Schwertfischfilets stolperte Maria schließlich eine Stunde später in ihre Küche. Sie trug die Einkäufe zum Tisch und zündete die Lampe darüber an. Sofort breitete sich ein warmes Licht in dem Raum aus, der eine erschreckende Szenerie sichtbar werden ließ. Überall stapelten sich dreckige Teller und Tassen, ein halb verfaulter Blumenstrauß gammelte in einer Vase neben der Abwasch dahin, auf dem Boden hatte sich ein Teppich aus Krümeln und Dreck angesammelt, überall lagen Bücher und Zeitungsartikel herum und aus dem Kühlkasten drang ein Geruch, den man gut und gerne als Fäulnis bezeichnen konnte. Es würde lange dauern, die Küche zu schrubben, zu wischen und das dreckige Geschirr zu spülen. Also machte sie sich besser gleich an die Arbeit, wenn sie die Filets und die Kartoffeln rechtzeitig vor dem Eintreffen der Gäste fertig haben wollte. Aber statt einen Topf mit heißem Wasser aufzusetzen oder den Besen in die Hand zu nehmen, ließ sich Maria nur müde auf einen der wackeligen Küchenstühle fallen.

Das hier, das musste sie sich leider eingestehen, war weit von dem entfernt, was sie als vorbereitete Umgebung bezeichnen würde. In dieser Küche wollte man definitiv nicht kochen. Hier wollte man nicht einmal sitzen. Dieser Raum rief einem laut und deutlich zu: Los, hau ab! Renn so schnell du kannst! Und wahrscheinlich hätte sie das auch getan, wenn sie nicht plötzlich den kleinen Buben vor Augen gehabt hätte, dem sie noch vor einer guten Stunde erklärt hatte, dass er sein Spielzeug doch bitte im Dienste der Gemeinschaft wegräumen sollte.

Maria erhob sich sehr langsam von ihrem Stuhl, stellte sich breitbeinig hin, verschränkte die Arme vor dem Oberkörper und stieß ein lautes, deutliches »Nein!« hervor, ganz so, wie der kleine Alessandro es vorhin getan hatte. Oh, wie konnte sie dieses Kind mit einem Mal verstehen! Aufräumen war wirklich das Letzte, was sie jetzt tun wollte. Das Allerletzte! Sie wollte gut essen und einen schönen

Abend mit ihren Freunden verleben, aber ganz bestimmt nicht das dreckige Geschirr von vorgestern spülen oder den Boden fegen und schon gar nicht den Kühlkasten öffnen, um das zu entsorgen, was da drinnen vor sich hin faulte. Allein bei dem Gedanken daran wurde ihr ja schon übel. Aber: Sie würde tun, was getan werden musste! Sie würde ihren Freunden ein wunderbares Weihnachtsessen bereiten, in einer angenehmen Umgebung und ihnen mit Liebe, Verständnis und Freundlichkeit begegnen, ganz so, wie sie es jeden Tag aufs Neue versuchte den Kindern vorzuleben.

Maria ging also entschlossen und voller Tatendrang auf das Küchenregal zu, zog hinter einer Zitronenpresse einen stumpfen Bleistift hervor und riss dann die leere erste Seite eines herumliegenden Werkes über das Gedeihen von Kräutergärten in Stadtregionen heraus. Schließlich schrieb sie in großen Buchstaben auf das Papier: »Feiern heute im Lokal Venezia. Erwarte euch dort! Mille baci, Maria«

Sie nahm die eingewickelten Schwertfischfilets mit, griff nach ihrer Handtasche und stürmte aus der Wohnung. Dort heftete sie den Zettel an die Eingangstür, nachdem sie zuvor der Nachbarin die Fischfilets geschenkt hatte, und machte sich mit leichtfüßigen Schritten auf in ihr Lieblingslokal, wo sie gedachte, einen wunderbaren vorweihnachtlichen Abend mit ihren Freunden zu verbringen, getragen von der Liebe zu sich selbst und der großen Erkenntnis, dass sie nicht mehr vier Jahre alt war und tun und lassen konnte, was sie wollte.

Beim Klang der Glocken

Später am Abend, als die Lichter in den Fenstern der anderen Häuser langsam erloschen waren und der Nachtfrost die Wände hoch und durch die Fensterritzen bis in die Betten der Menschen kroch, da saßen die Brüder, in Decken gehüllt, beim letzten Feuerschein vor dem Kamin und tranken schweigend jeder ein Glas Gewürzwein. Natürlich hatten sie sich nicht einigen können, ob, wann und wo die Linie der Lautverschiebung die deutschen Lande entzweischnitt, so wie sie sich selten auf irgendetwas einigen konnten. Sie waren einander so ähnlich und doch so fremd. So vieles gab es, was sie einander nicht sagen konnten, und auch wenn sie gelernt hatten, gemeinsam darüber zu schweigen – es war nicht dasselbe. Heute Abend jedoch war es zu spät, um überhaupt noch etwas zu sagen. Sie würden ihren Wein austrinken, den ihnen die Haushälterin hingestellt hatte, zusammen mit etwas kaltem Braten, Brot und geschmorten Äpfeln, und dann würden sie ins Bett gehen, so wie sie es immer taten an Heiligabend.

Doch plötzlich fing Wilhelm an, in sich hinein zu kichern.

»Was ist denn so komisch?«, wollte Jacob wissen.

»Dieses Kind«, sagte Wilhelm, »das war wirklich zu ulkig.«

»Welches Kind?«, fragte Jacob abwesend.

»Na, das Kind, das heute da war. Das behauptet hat, es sei das Christkind. Das meine ich.«

»Ach so, ja«, pflichtete ihm Jacob bei, »wirklich ulkig.«

»Was glaubst du, wer es geschickt hat?«, wollte Wilhelm wissen.

»Keine Ahnung«, gab Jacob zu. »Wird wohl irgendein Witzbold gewesen sein, der sich einen Scherz mit uns erlaubt hat.«

Genau in diesem Augenblick tat es einen gewaltigen Knall, gefolgt von dem leisen Klingeln eines Glöckchens. Die Brüder, die vor Schreck in Deckung gegangen waren, hielten das Klingeln irrtümlich für einen Gehörschaden. Als es jedoch nicht aufhören wollte, suchten Jacob und Wilhelm nach der Ursache des Geräuschs. Und da stand es auf einmal, in einer Ecke des Salons, an eine Zimmerwand gelehnt und hielt eine winzige Schelle in der Hand, die es mit seinen kleinen Fingerchen hin und her bewegte.

»Du!«, entfuhr es Jacob, der das Kind als Erster entdeckte.

»Ja, ich«, sagte das Christkind und grinste diabolisch, oder, besser gesagt, es versuchte diabolisch zu grinsen, aber weil es das Christkind war, sah es stattdessen besonders niedlich und ganz und gar entzückend aus.

»Was willst du von uns?«, rief Wilhelm und griff sich erschrocken an die Brust. »Und wie hast du es hier hereingeschafft?«

»Hab ich euch doch gesagt: Man klingelt mit dem Glöckchen und schon erscheine ich und bringe Segen in jedes Haus.«

»Ja, aber«, wandte Jacob ein, »wir haben doch gar kein Glöckchen geläutet. Das warst doch du selbst!«

»Stimmt«, pflichtete ihm das Christkind bei und fügte hinzu, »geht auch andersherum. Ich läute und dann erscheine ich halt irgendwo. Das ist sehr praktisch, weil ich so in jedes Haus hineingelangen kann, zum Beispiel auch in eures.«

»Das ist Hausfriedensbruch!«, begann Wilhelm zu schimpfen und richtete sich zu seiner vollen Größe auf. »Ich verlange auf der Stelle, dass du wieder verschwindest, und zwar dahin, wo du hergekommen bist!«

»Ach«, sagte das Christkind und lächelte süß, obwohl es eigentlich eine Fratze zog, »gerade komme ich aus einem Haus, gar nicht weit von hier, da gab es ein Kindchen, so freundlich und lieb, das hat sich überaus gefreut, mich zu sehen!«

»Ha!«, rief nun Jacob aus. »Nun hast du dich selbst der Lüge überführt!«

»Wie das?«, fragte das Christkind neugierig.

»Wie das?«, wollte auch Wilhelm wissen.

Jacob ließ mit seiner Erklärung nicht lange auf sich warten. »Niemals, ich wiederhole: Niemals, hat jemals jemand das Christkind gesehen!«

»Das stimmt, Jacob«, pflichtete ihm Wilhelm sofort bei. »Ergo kannst du gar nicht das Christkind sein, denn wir sehen dich ja! Somit bist du als Schwindler entlarvt!«

»Oh, ihr ausgemachten Trottel!«, begann das Christkind darauf zu schimpfen, nur hörte sich sein Schimpfen so an, als sänge es gerade ein wunderschönes Weihnachtslied. »Natürlich kann man mich sehen. Und hin und wieder zeige ich mich den Kindern auch, wenn sie ganz, ganz brav waren. Sagt bloß, ihr erinnert euch nicht mehr an mich?«

Da blickten die Brüder einander staunend an und man konnte sehen, wie es in ihren Gelehrtenschädeln zu arbeiten begann. Waren sie diesem merkwürdigen Wesen etwa schon einmal begegnet? Konnte das denn sein? Und hatten sie etwa alles vergessen?

Wilhelm schaute zu dem Kind, betrachtete lange das herzförmige Gesicht, die Löckchen, das Glitzern, das aus seinen Augen zu kommen schien, das leuchtend weiße Hemdchen und die nackten Füße mit den pummeligen Zehen. Und plötzlich begann etwas in ihm heraufzudämmern, was er schon längst vergessen geglaubt hatte.

»Der Kreisel«, sagte er ganz leise. »Es war das Weihnachtsfest, an dem ich den Kreisel bekommen habe. Der mit den bunten Käfern drauf.«

Jacob schlug sich mit der Hand gegen die Stirn. »Das ABC-Buch!«, rief er aus. »Das mit den schönen Kupferdrucken, das habe ich damals bekommen! Und du«, er deutete auf das Christkind, »saßt oben am Treppenabsatz …«

»… und hast uns zu gewunken«, vollendete Wilhelm den Satz. »Ich erinnere mich wieder.«

»Ich auch«, fügte Jacob hinzu.

»Na, seht ihr? Geht doch«, sagte das Christkind, das plötzlich sehr zufrieden mit sich wirkte. »Und nun, da ihr euch an mich erinnern könnt, hättet ihr hoffentlich die Freundlichkeit, mich in eure Märchensammlung aufzunehmen?«

Für einen Augenblick sahen die Brüder einander in die Augen und es war beinahe so, als könnten sie gänzlich ohne Sprache miteinander kommunizieren, so wie es nur Geschwister tun, die einander offen und liebevoll zugetan sind. Und von einer Sekunde auf die andere brachen beide Brüder erneut in schallendes Gelächter aus. Das, daran bestand kein Zweifel, war nicht die Reaktion, die sich das Christkind erwartet hatte. Es wirkte auf einmal sehr verärgert, was sich daran zeigte, dass sich über seiner linken Augenbraue ein kleines Grübchen bildete.

»Was ist denn daran nun wieder so lustig?«, wollte es wissen.

Wilhelm musste sich erst einmal die Tränen aus den Augen wischen und Jacob rang nach Luft, aber dann antwortete der ältere der beiden: »Man stelle sich das vor: Die Brüder Grimm schreiben über das Christkind!«

»Skandalös!«, keuchte Wilhelm. »Ich sehe schon die Schlagzeilen: Brüder Grimm halten christlichen Glauben für Märchen!«

»Was hat das denn nun damit zu tun?«, wollte das Christkind wissen.

»Na, wer sieht denn hier aus wie eine christliche Engelsgestalt?«, wollte Jacob wissen und deutete auf das weiße Hemdchen des Kindes. »Und was hast du da auf dem Kopf? Ist das nicht etwa ein Heiligenschein?«

Das Christkind fasste sich mit der kleinen, rundlichen Kinderhand auf sein Lockenköpfchen, ganz so, als suchte es dort einen kleinen Reifen aus Gold vorzufinden. Und tatsächlich lag so etwas wie ein goldener Schimmer auf seinem lieben Haupte.

»Und was versteckst du da hinter deinem Rücken?«, fragte Jacob forsch. »Sind das etwa Flügel?«

»Nein!«, log das Christkind und versuchte, die Federn mit seinem weißem Hemdchen zu überdecken.

»Ertappt!«, rief Wilhelm.

Das Christkind verzog sein Gesicht und streckte den beiden Brüdern seine liebreizende rosafarbene Zunge entgegen.

»Du«, sagte Jacob nun streng, »verschwindest jetzt so schnell, wie du gekommen bist! Und lässt dich hier ja nie wieder blicken! Wir lassen uns von dir doch nicht unseren guten Ruf ruinieren. Das wäre ja noch schöner!«

»Jawohl«, echote Wilhelm. »Wir würden uns doch ganz und gar lächerlich machen. Und unbeliebt obendrein! Das Christkind eine Märchenfigur, ha, dass ich nicht lache! Dann willst du uns erzählen, der Teufel und Jesus Christus seien auch nur gut erfunden, was? Also wirklich, nein, kommt gar nicht infrage!«

Und weil es sah, dass es heute wohl nichts mehr würde ausrichten können, presste das Christkind seinen süßen Himbeermund vor Wut zusammen und klingelte wild mit dem Glöckchen, auf dass es mit Donnerknall und Rauchwolke wieder verschwand.

»Eya, eya, susani, susani«, murmelte Jacob nur. Dann sah er seinen Bruder an und schlug vor: »Los, gehen wir zu Bett. Das waren für heute genügend Begegnungen mit Fantasiegestalten.«

»Sehr richtig«, stimmte ihm Wilhelm zu, »sonst müssen wir uns womöglich noch mit dem Nikolaus herumschlagen.«

»Oder Knecht Ruprecht kreuzt hier auf und verkündet, er sei gar nicht so böse und schlage keine Kinder und ob wir das nicht richtigstellen können.«

»Sachen gibt's«, sagte Wilhelm leise.

Dann bemerkte er einen kalten, unangenehmen Luftzug, der vom Hausflur her zu kommen schien. Er trat vor die Salontür und schaute nach und tatsächlich stand die Eingangstür sperrangelweit offen. Dabei hätte er schwören können, er hätte sie heute Abend fest zugeschlossen und auch den Riegel innen vorgeschoben. Man konnte ja schließlich nie wissen, welches Gesindel versuchen würde, an einem Abend wie diesem ins Haus zu gelangen.

Inhalt